문지스펙트럼

문화 마당

4-002

우리 영화의 미학
─한국 영화 감독론

김정룡

문학과지성사

문화 마당 기획위원

오생근 / 정과리 / 성기완

문지스펙트럼 4-002

우리 영화의 미학
—— 한국 영화 감독론

지은이 / 김정룡
펴낸이 / 김병익
펴낸곳 / 문학과지성사

등록 / 1993년 12월 16일 등록 제 10-918호
주소 / 서울 마포구 서교동 363-12호 무원빌딩 4층 (121-210)
전화 / 편집부 338)7224~5 · 7266~7 팩스 / 323)4180
영업부 338)7222~3 · 7245 팩스 / 338)7221

제1판 제1쇄 / 1997년 3월 25일
제1판 제2쇄 / 1998년 12월 10일

값 5,000원
ISBN 89-320-0892-2
ISBN 89-320-0851-5

우리 영화의 미학
——한국 영화 감독론

책머리에

극장은 시간의 구멍, 육중한 삶의 살들은 곧잘 거짓말처럼 그 안에 쑤욱 빠져 있고, 나는 본다. 뇌락한, 거침없는 몸의 행적들, 시공의 조각들이 부유하면서 동시에 멈추어 있다. 카메라는 이때 독재자다. 평면의 셀룰로이드 조각에 압착된 물상의 표면과 물상에 흡착된 소리의 표면, 영사기의 짧은 수신호에 따라 일시에 튀어나온다. 마치 나비처럼, 한 순간 검은 대기를 가로지르고 하얀 벽을 향해 파닥거리며 날아가 입체적으로 꽂히는 지상의 모든 욕망. 스크린의 그물 위에서 주정하는 여행자들——축제? 아니다. 관객은 자발적으로 저 컴컴한 동굴 속으로 들어가 맹목으로 불타오르는 상상과 기억의 의식(儀式), 벽에 부딪혀 파르르 떨리다 스러지고 다시 날아와 찰나를 장악하다 애매한 윤곽만을 남긴 채 굴절하고 소멸하는 일상의 상처를 관전한다. 관전. 스르르 분해되어, 현실보다 더 현실답게 재구성되어 광대한 은막에 부려진 빛의 미립자, 웅웅거리며 떠도는 소리의 분진들은, 그러나 관객이 다가오는 순간 어느 틈에 관객을 스쳐 지나가버리고, 그러나 관객은 아지랑이가 되어 달아나는 시공의 환각보다 더 빨리 그것을 부여잡고, 여하튼 그들 모두는 들어온 구멍을 통해 다시 일상으로 빠져나간다. 이 모든 광경을 실황 중계(턱없는!)하는 데 실패한 나는, 네이팜탄의 잔해를 긁어모으는 원주민의 심정으로, 이렇게 볼품없는 인상기를 쓸 수밖에. 들쭉날쭉 수시로 혼란을 겪는 이 마음의 상태를 술렁술렁 읽어주신다면 더 바랄 게 없겠다.

짐짓 정색을 하고 나니 약간 멋쩍기도 하고 주제넘은 말을 지껄인 것 같아 부끄럽기도 한데, 내처 고백하자면 사실 나에게는 '시네마 천국'이 없었다. 우리 영화를 떠올릴 때면 더더욱 그러하다. 한국 영화에서 반짝거리며 달겨드는 순간을 만나려 애썼는데, 적어도 나의 경우 그 결과는 노력에 비해 아주 형편없는 것이었다. 여기에는 내 둔한 감성과 약시만 탓하기에는 뭣한 여러 원인이 있다. 일제 강점기 이후 1996년말까지 이어진 검열, 한국 영화에 대한 정부의 방관, 아니 아예 영화업을 폐업시키려는 것이 아닌가 생각할 만큼 억압적인 정책, 빈약한 기자재, 부족한 전문 인력, 가난한 제작 자본, 엷은 연기자층, 연기력에 비하면 터무니없이 비싼 국내 일급 스타의 출연료, 단기 자본 회수에 눈이 먼 기업의 상혼, 그리고 노조도 없는 현실. 나는 그 중에서도 감독의 부재를 우리 영화의 중요한 문제로 꼽고 싶다. 이 말, 오늘 한국 영화를 이렇게 만든 주범이 감독이라는 식으로 들리지 않기를 바란다. 다만 제도가 보완해주지 못하는 어떤 영역이 있다는 것을 말하고자 할 따름이다. 예술적 정체성을 찾는 작업은 우리 경우 당분간 다른 누구 아닌, 감독이 해야 할 일이다.

　상황은 조금씩 나아지는 듯하다. 최근 섬세한 관찰로 일상성을 회복하려는 영화들이 잇따라 나오고 있으니. 세상과 치열하게 응전하는 영화, 멀리서 저주하는 영화, 다가가 복수하려는 영화, 그냥 재미있는 영화, 명민한 영화들이 이제 뒤를 이어 슬슬 나오겠지?

　언제나 당신의 생각을 무단으로 훔쳐가는 제자를 웃으며 방조해준 심민화 선생님, 내 글을 지독히도 읽어주지 않는 은주, 지난 봄 내 허름한 시간 속으로 들어온 연, 잘릴 위기에 있으면서도 흔쾌히 짬을 내어 사진 자료를 찾아준 허문영형, 사진을 찍어준 은하, 모일 때마다 나를 많이 부끄럽게 하는 『리뷰』, 힘을 주는 이효인·한창호형, 한국 영화를 만드는 분들, 안 되는 글을 되는 책으로 만들어준 문지에 감사드린다. 이인성 선생님께 갚을 길 없는 빚을 졌다. 큰절 올린다.

1997년 3월

김　정　룡

차례

길, 실패한 꿈의 기록

임권택론

한국 영화를 대표하는 이의 하나로 임권택 감독을 꼽는 것은 이제 우리에게 결코 낯설지 않은 일이다. 그 스스로는 몇몇 인터뷰 석상에서 "거장이라는 말은 내게 어울리지도 않으며, 심리적으로 커다란 부담이 된다"고 말한 바 있지만, 영화계와 언론을 비롯한 많은 이들은 그의 이름 앞에 매우 익숙하게 '거장'이나 '작가'의 칭호를 올려놓는다. 임권택 감독이 '거장'의 수사를 받게 된 배경에는 해외 영화제 수상이라는 외부적 성과를 뛰어넘는 커다란 객관적 사실, 즉 1962년 「두만강아 잘 있거라」로 데뷔한 이래 30여 년 간을 영화계에 몸담으며, 1996년의 「축제」까지 아흔네 편의 영화를 상재했다는 하나의 '역사'가 자리해 있다. 수식어 '거장'의 당위성을 입증해주는 이러한 기록적 사실은 그러나 냉정하게 말해서 그를 '영화 작가'로 보게 하는 정당성의 직접적인 근거가 되지는 못하며, 오히려 역설적이게도 임권택을 작가주의의 관점으로 볼 수 없게 만드는 요인이 되기도 한다. 그의 영화 역정이 낳은 엄청난 다산성은 경이와 찬사를 자아냄과 동시에 동질적 측면에서의 작가적 궤적을 찾기 어렵게 하는 것이다.

사극에서 청춘물로, 전쟁 영화에서 멜로드라마로 작품들이 다양한 갈래를 이루는 점이나, 「만다라」와 「길소뜸」 「서편제」의 위상 아래에 「나비 품에서 울었다」 「불의 딸」 「장군의 아들」 2, 3편, 「태백산맥」과 같은 아쉬운 타작이 놓여 있는 점 등 그의 영화들이 보여주는 다소 어지러운 행보는 그럼에도 감독 개인의 책임만이 아닌, 한국 영화 제작 현실과의 밀접한 연관하에 파악해야 할 성질의 것이다. 요컨대 열악한 산업 기술의 토대와 영세한 자본에 의한 졸속 제작, 그리고 상업적 성공의 부담 등이 그 행보의 주된 내적 요인을 이루는데, 이는 다음과 같은 물음을 도출케 한다. 즉 이와 같은 한국 영화의 현실에서 감독을 작가로 보는 것은 가능한가? 그리고 임권택 감독을 작가로 본다면 그 근거는 무엇인가? 하는 물음이 그것이다. 이는 작가주의[1]에 대한 개략적인 검토와 이 글의 입장을 제시하도록 이끄는 문제 제기이기도 하다.

프랑수아 트뤼포는 1954년 『카이에 뒤 시네마』 31호에 발표한 글 「프랑스 영화의 어떤 경향」에서 감독을 영화의 '작

---

1) 작가주의: 1950년대 중반 이후 프랑스의 영화 전문지 『카이에 뒤 시네마 Cahiers du Cinema』에서 평론 활동을 한 일군의 비평가들이 사용한 용어. 영화의 상업적 시스템 속에서도 자신의 세계관을 꾸준히 천착해나가는 감독만이 영화의 '작가'가 될 수 있다는 의미로 사용된 이 영화론은 원작 시나리오에 의해 영화의 스타일과 세계관이 좌우되는 당시 프랑스의 대다수 감독들에 대한 비판의 의미도 담고 있다.

가 *auteur*'로 규정하였다. 이 글은 영화를 여타 예술과 동등한 위치로 끌어올리는 데 기여하는 한편, 시나리오에 의지하는 비개성적 스타일의 감독을 당시 프랑스 영화계가 높이 평가하는 데 대한 신랄한 비판의 의미를 갖는다. 앤드루 새리스는 이를 미국 영화에 접목시키면서 뚜렷한 개성, 작품의 기술적 완성도와 내적 의미 등을 '작가주의'의 기준으로 내세웠다. 여러 유보 조항을 명시했음에도 불구하고 이러한 비평적 태도는 점차 작품보다 작가에 치중하며 영화를 감독의 명성과 의도에 꿰어맞추는 결정론적 오류를 빚게 된다. 영화는 감독 개인의 표현 수단이 아니라 산업 시스템의 거대한 구조 속에서 다양한 중층성에 의해 결정되는 것이다. 1960년대 이후 작가주의는 기존에 내세운 '개성'과 '기술적 완성도'라는 모호한 평가 기준을 구조 분석의 틀로 대치하지만, 수용 이론이나 후기 구조주의가 대두하기 전까지는 여전히 유일성(창조자로서의 작가, 또는 이 대신 완전무결한 구조)을 추구하거나 논리 중심주의에 집착하는 양상을 보인다.

그러나 영화를 개방된 의미화 과정으로서의 텍스트로 바라보는 오늘날에도, 감독을 한 영화의 작가로 규정하고 연구하는 작업은 그 나름의 합당한 근거를 지닌다. 시나리오와 촬영·연출 그리고 제작자와 자본의 간섭이나 검열의 압력, 배급 구조 등의 시스템은 서로 어깨를 걸고 있는 중층적 요소이지만, 현실적으로 영화의 최종 심급으로 들 수 있는 것은 많은 경우 미장센 *mise en scéne*, 숏 구성 등 콘티 작업에서 촬영 및 후반 작업까지 연출을 총지휘하는 감독이기 때문이다. 물론 감독이 필름 편집에 전혀 관여하지 못하는 할리우드의 메이저 스튜디오 시스템과 같은 숱한 예외가 존재하나 적어도 우리가 살펴볼 임권택 감독의 영화는 이러한 논리를 설득력 있게 받쳐주는 경우다.

「장군의 아들」 연작과 「서편제」의 경이로운 흥행 성공 그리고 그 이전에 1980년대 이후 수차례의 해외 영화제 수상 경력은 임권택 감독으로 하여금 영화의 창조에서 감독이 누릴 수 있는 자율적 권한의 최대치를 행사할 수 있게 한다. 그러나 이것이 임권택 감독을 작가로 볼 수 있게 하는 필요 충분 조건은 아니다.

앞에서 밝힌 것처럼, 제도적 요인으로 인해 어지러운 행보를 띠는 그의 영화들에서 표면적으로는 동질적 측면의 의미들을 찾기 어렵다. 그러나 외피의 안쪽으로 우리의 시선을 돌리면, 우리는 이 다양한 영화의 수면 아래에 해저의 기류처럼 독특한 내적 흐름이 짙게 깔려 있는 것을 발견하게 된다. 그의 영화들을 작가적 관점으로 파악하고자 하는 까닭이 여기에 있다. 이 글은 다양성 속의 이 일관성에 주목한다. 그의 일관성은 주제적 측면에 국한된 천편일률적인 단순성과 구별되며, 얄팍하게 튀어오르는 기기묘묘한 스타일만으로 영화를 이끄는 일관성과도, 그리고 완전무결함을 전제로 하는 수준의 일관성과도 변별을 이룬다.

그가 감독한 각 영화는 그 나름의 개별성을 갖고 있다. 「족보」「만다라」「티켓」「길소뜸」「서편제」 등은 그 자체가 하나의 유기체로 독립적 성격을 지니고 있다. 이 개별성을 유지시키면서도 각 작품을 실핏줄처럼 연결시키는 것은, 먼저 역사의 뒤안길에서 지친 걸음을 옮기는 이들에 대한 임권택의 집요한 눈길에서 연유한다. 역사의 중핵으로부터 먼 거리에 위치해 있지만 그럼에도 역사적 경련의 파장에서 결코 자유롭지 못한 이들. 자유롭기는커녕 그 휘둘림 아래서 한숨과 눈물과 분노 그리고 신산한 세월의 두께를 온몸으로 살다 간, 그야말로 초라하기 짝이 없는 인생에 대한 임감독의 관심은 아주 다른 특징을 갖고 있는 개별 영화들 속에서도 공통적으로 등장하는 밑그림이다. 그의 영화의 주인공들은 시대의 전열에 있지도 않고 도덕적으로 흠 없거나 출중한 능력의 인간형도 아니며 드라마틱한 굴곡의 주역도 되지 못한 존재들이다. 이들이 펼치는 떠남, 방황, 돌아옴, 더러 돌아오지 못한 스러짐의 농담(濃淡)한 세계는 거개 '길'의 주제로 통합, 제시된다. 이 모든 것이 '임권택의 영화'라는 표현을 가능케 하는 요소들이다.

임권택을 작가로 볼 수 있게 하는 이러한 요소들을 검토하기 위해서 이 글은 임권택 영화 중 1980년대 이후의 작품을 중심으로 전개할 터인데, 이는 이 시기의 영화가 한국 영화

의 맥을 굵게 이어오며 국내외적으로 큰 관심을 받았다는
점, 그리고 그만큼 넓고 깊은 대중적 인지도를 형성하였고
더불어 임권택의 작가적 역정이 안정적으로 표출됐다는 인
식에 크게 기인한다.

II

임권택 영화의 중요한 서사적 배경은 '길'이다. 그의 영화
는 대개 주인공들이 길을 떠나거나 되돌아오는 구조로 이루
어져 있다. 길은 등장인물들의 터전이자 헤맴의 공간이다.
탈출과 도피, 추적과 쫓김의 통로로서 길은 '과정'이면서 헤
맴의 공간이지만, 고단한 삶의 여정이 직접적 공간으로서의
길에서 펼쳐진다는 점에서 길은 '결과'이면서 터전이다. 길
을 사이에 두고 인물들은 떠나거나 되돌아오지만, 또한 떠나
지 못한 것과 되돌아오지 못한 것들이 길을 사이에 두고 존
재한다는 점에서 길은 인간과 세계의 연결고리이자 차단막
이다. 영화는 길을 중심으로 한 맺힘과 풀림, 인간사의 회귀
(回歸)와 불귀(不歸)를 담아내며, 등장인물들은 그 사이에서
부단히 방황한다.

「짝코」(1980)는 전직 토벌대 전투 경찰 송기열과 백공산
(짝코)의 추적과 도피의 삶을 그리고 있다. 30년을 넘게 짝코
를 잡으러 고향과 가족과 자신의 생을 버리고 헤매던 송기열
은 도시 변두리의 한 갱생원에서 드디어 짝코를 만난다. 세

월은 그들을 각각 회복할 수 없는 위암 환자(송기열)와 당뇨병 환자(짝코)로 만들어놓았지만, 늙고 지친 이 행려병자의 추격전은 폐쇄 공간인 갱생원 안에서도 집요하게 지속된다. 송기열은 기어이 짝코를 잡아 고향에 함께 내려가지만 짝코는 그 귀로에서 죽음을 맞이하고, 그들이 탄 기차는 고향 쪽인 호남이 아니라 반대편인 원주를 향해 달려간다.

「만다라」(1981)는 구도의 길, 해탈의 길을 찾아가는 법운과 지산의 만남과 헤어짐을 모티프로 한다. 도입부의 검문 시퀀스는 그들이 어떻게 만났다 헤어지는가를 축약해서 보여주는 매우 암시적인 장면이다. 멀리서 달려오는 시외버스 한 대를 카메라는 고정된 채 부감으로 1분 가까이 촬영(롱 테이크 *long take*)한다. 버스가 스크린의 좌측 하단으로 빠져나가고 잠시 뒤 검문이 있다. 신분증과 승려증을 자못 고압적으로 확인하는 경찰에게 둘은 대조적인 반응을 보인다. 다소 단순한 상징이기는 하지만, 순순히 경찰의 요구에 응하는 법운은 영화가 진행되면서 번뇌를 피해가는 편을 택하게 되고, 태연한 표정으로 신원 확인에 불응하는 지산은 세속의 번뇌에 맞부딪혀 싸우는 인물형으로 성격화한다. 지산을 따라 차에서 내린 법운은 이후 지산의 길을 쫓아가게 되나, 그뒤 검문소에서 나와 다시 헤어지듯이 법운은 영화의 결말부에 이를 즈음 자신의 길을 걷게 된다.

검문소에 끌려온 지산이 경찰의 강압적인 요청으로 염불

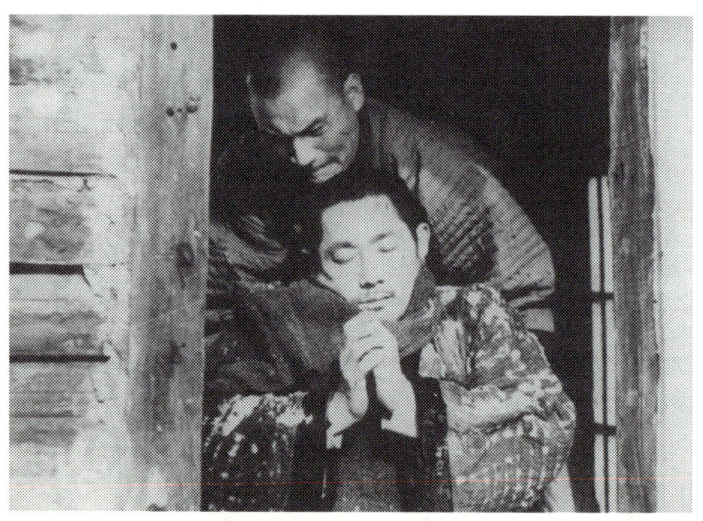

구도 영화는 험악한 연대를 헤쳐가는 데 적절한 일종의 영화적 피난길이다. 오래 써서 찌그러지고 닳은 치솔모 같은 번뇌를 지산은 껴안고 가고 법운은 버리고 간다.

을 외우는 장면에서 길을 보여주는 인서트 두 컷이 빠르게 스쳐 지나가는 것, 그리고 지산의 클로즈업과 교차하듯 다시 길이 먼 거리(롱 숏 *long shot*)에서 수평 이동(팬 *pan*)으로 보이고, 잠시 후 두 명의 승려(법운과 지산)가 그 길에 등장하는 것은 의미심장한 장면 배치다. 그것은 첫째, 이 영화가 길의 영화, 곧 길의 엇갈림 속에서 구도의 삶을 찾아가는 이들을 그리는 영화라는 걸 넌지시 알려주며, 둘째, 먼저 길을 보여주고 인물이 뒤에 등장하는 순서가 말해주듯, 여러 갈래의 행로를 마치 운명처럼 받아들이되 저마다 다른 방식으로 인생을 사는 듯한 모습으로 보인다. 길은 이 의미를 지탱하는 상징적 장치다.

「안개마을」(1982)에서도 길은 소통과 관계의 상징적 공간으로 기능한다. 수옥이 시골 국민학교에 부임하던 날 마을 어귀에서 그녀를 맞이하는 건 깨철이다. 수옥이 떠나던 날 바로 그 장소에서 깨철은 새로 온 여선생에게 다시 섬뜩한 눈빛을 보낸다. 깨철의 맞은편은 산월이 있는 주막이다. 마을 어귀에 놓인 두 존재인 주막과 깨철은 이 안개마을의 외면적인 폐쇄성과 은밀한 내부적 욕망의 분출구(통로)를 상징하고, 영화는 이 둘을 입구처럼 거쳐서 마을 사람들의 내면적 관계 속으로 파고들어간다. 내러티브는 수옥이 부임하여 이 마을에 들어옴으로써 시작되고 떠나는 것으로 끝을 맺게 된다. 또 들어옴과 길떠남은 새로 온 여선생을 통해 순환된다. 마을의 봉건적 폐쇄성은 벙어리 산월과 바보 취급 당하며 사는 깨철의 묵언으로 구축된다. 성적 분출은 그러므로 은밀하게, 안개처럼 이루어진다. 안개는 길에 낮게 깔려 길을 가리고 흐르는 듯이 마을 전체를 감싸안는다. 산월, 깨철, 안개, 집단화한 마을 사람들이라는 이 모든 캐릭터들은 궁극적으로 마을을 익명의 섬으로 포장하는 데 관여한다.

익명이기에 그 안에 투명한 관계란 존재하지 않는다. 깨철과 마을 아낙네들의 관계는 길이 보이지 않는 무성한 풀밭, 수수밭 사이에서 맺어진다. 산월과 화천은 키만한 옥수수밭 속으로 사라지고 화천의 아내는 끝내 그 둘을 찾지 못한다. 카메라는 그녀의 주관적 시점 숏 *p.o.v.* 으로 빽빽한 옥수수밭(헤매는 미로!)을 보여준다. 그곳은 부인과 남편이라는 공적인 소통 관계가 차단된 공간이며 내밀한 성적 출구의 공간이다. 관계의 망을 혼미케 하는 이 미로를 제거하려고 그녀는 밭에 불을 지른다.

길의 한 정점에 서 있는 영화가 「길소뜸」(1986)이다. 일제 치하와 해방 후, 6·25와 같은 한국 근현대사의 굴곡에 깊은 관심을 보인 임권택은 그의 작업이 흔히 그러하듯 「길소뜸」에서도 역사와 이데올로기의 복판이 아닌, 그 뒤안길에서 통한으로 가슴을 쓸어내리는 이름없는 얼굴들에 초점을 맞추고 있다. 여기서 길은 정처를 가질 수 없는 희망이 떠도는 길이며 정착과 연결될 수 없는 길이다. 길은 도상에서 흩어져

버리는 얼굴들의 덧없음, 그 무의미함을 통해 수없는 의미를 드러내는 주제로 작용한다.

저마다 새로운 가정을 꾸리고 살아가는 동진과 화영은 이산 가족 찾기 방송이 한창인 여의도 방송국 앞 광장에서 우연히 재회한다. 영화는 아들 성운을 찾기 위해 춘천을 향하는 이들의 귀로를 통해, 33년 전 길소뜸에서 만나고 헤어지고 다시 그곳으로 돌아가지만 끝내 어긋나는 상실의 세월을 펼쳐보인다. 역사와 인고의 생활이 갈라놓은 깊은 정신적 · 육체적 골은 결국 아물지 못한다. 귀로 위에서 꿈꾸어온 동진 · 화영 · 석철(성운)의 추억과 그리움과 갈망의 기대는 이질적인 현실의 벽 아래에서 여지없이 부서진다. 부서진 꿈을 보듬고서 그들은 달랑 명함 한 장을 건네고 자가용에 몸을 싣거나(화영), 믿을 건 이뿐이라는 듯 흐느끼는 아내를 감싸안으며(석철), 그리고 유일한 연락처를 휴지통에 버리고 혼자 아스팔트 길을 걸어서(동진) 각자의 현실로 되돌아간다.

「개벽」(1991)에서 임권택의 영상은 상징적 장치나 삶의 목적에 의해 선택한 것이 아니라 주어진, 피할 수 없는 운명의 의미로서 길을 제시한다. 길은 「길소뜸」에서와 같이 그 자체 하나의 거대한 역정(歷程)의 세계로 변모한 것이다. 영화는 수운 최제우의 심문과 처형에서 시작하여 녹두장군 전봉준의 죽음, 해월 최시형의 처형으로 끝난다. 시작과 끝에 자리한 죽음 사이에는 해월의 끝없는 도피가 놓여 있다. 19세기

말 격변기, 고뇌하는 한 사상가의 쉼없는 발길 속에 감독은 동학의 주장인 인본(人本)을 새겨놓는다. 이 가르침은 다른 곳이 아닌, 척박한 형극의 삶, 도주의 발자국 속에 찍힘으로써 살아 숨쉬는 땀내음의 인간적 형상을 간직하게 된다. 영화에서 길은 곧 자연으로 통하며 발길이 이끄는 인간의 길, 마을로 통한다. 길은 인간과 자연을 이어주는 가느다란 선이며 이 둘 사이를 끝없이 오고 가는, 역사에서 소외된 자의 삶의 공간이다.

이와 같은 의미는 「서편제」(1993)에서도 올곧게 유지된다. 영화는 동호의 귀로에서 시작한다. 크레디트 타이틀이 끝나면, 첫 장면에서 낮게 엎드린 어미짐승 같은 인상을 품은 처연한 우리 산하가 펼쳐진다. 이어 소릿재 길을 내려가는 산판 트럭이 화면을 메운다. 나무를 빼곡히 실은 산판 트럭에서 동호가 내리면, 카메라는 그를 중심에 놓고 트럭과, 트럭의 반대 방향으로 엇갈려 지나가는 소달구지를 잡는다. 스크린 우측으로 달려가는 트럭, 중앙의 동호, 그뒤에 좌측으로 지나가는 소달구지를 첫 장면에 배치함으로써 감독은 교차하는 세월의 분위기를 자아내고, 앞으로 진행될 이야기가 길 저편에 있는 듯 없는 듯 얹혀 있는 우리들의 지난 시절이 될 것이며 동호의 새로운 길떠남(귀로)으로 그 시절이 우리 눈앞에 다가설 것임을 알려준다. 영화는 떠도는 자의 떠돎을 끌어안음으로써 그것에 적극적 의미를 부여한다.

동호가 찾는 것은 소리다. 소리를 들으러 그는 소릿재 주막을 찾아와 한 대목을 청한다. 이것을 우리는 왜 귀로라 부르는가. 소리를 찾는 작업은, 동호에게는 누나를 찾는 일이며 두고 떠나온 고향과 자신의 어린 시절을 찾는 일이다. 그리고 그 시절에 얽혀 있는 숱한 사연들과 그리움을 불러내는 일이며 해원하는 일이다. 그러므로 이 길은 되돌아가는 길, 귀로(歸路)다(그 길을 첫 소리로 인도하는 이의 이름은 '세월네'다). 그는 이 길의 끝에서 그토록 고대하던 누나(이면서 여자〔!〕)인 송화를 만나 하룻밤 소리를 듣는다. 그러나 그들은 알면서도 서로를 밝히지 않고, 동호는 다시 자신의 길, 한약재를 구하러 다니는 생업의 현실로 되돌아가고, 송화는 구음(口音)과 함께 한 아이를 앞세우고 새로이 길을 떠난다. 생활과 거친 세월의 결들이, 이들이 함께하지 못하도록 무장한 울을 쳐놓았음을 임권택은 질박하지만 냉정하게 보여준다.

　결말에 이별을 마련해둔 임권택의 '현실성'은 길을 떠나는 그 순간 이미 예비된 것인지도 모른다. 예술은 무엇인가. 그건 정착이 아닌 것이다. 돌아온 것과 돌아오지 못한 것 사이의 떠돎은 망실의 시대를 살아온 예술가에게는 필연의 여정이다. 그러므로 길떠남은 꿈꾸기의 실천적 행위다. 이는 임권택의 영화에서 자주 드러나는 회상의 형식으로 이루어지기도 하고 직접적인 행동으로 표출되기도 한다. 상실된 것의 복원을 위해서, 현재의 삶에서 벗어나기 위해서, 추적의 손길에서 놓여나기 위해서, 혹은 이 모든 꿈들의 실현을 위해서 주인공들은 길을 떠나는 것이다.

Ⅲ

영화를 이끄는 인물의 대립 구도는 임권택의 작품에서 매우 독특한 인식론적 토대 위에 서 있다. 그의 영화는 우리 관객에게 익숙한 고전적 스타일의 할리우드 장르 영화와 유사한 듯하지만 대척적인 관계를 이루면서 전개된다. 고전적 할리우드 영화를 비롯한 많은 영화의 주된 서사 구조는 인물 중심의 사건 전개다. 인물은 흔히 주체와 객체, 동일자와 타자의 명백한 대립적 구도로 설정된다. 보편적으로 주체나 동일자는 나/자아로서의 주인공이고 타자와 대상은 다른 인물들이거나 주위 환경·사건·외부 세계로 구성된다. 이때 타자는 동일자의 적으로 존재한다.

타자는 주체와 명백히 분리되는 객체이며 축출과 제거의 대상이다. 고전적 스타일의 영화에서 자아는 "진실은 오직 하나이며 그것은 내가(우리가) 보유하고 있는 것"이라 외친다. 이 말은 "저들에게는 진실이 없다. 저들은 허위다"라는 주장으로 이어지며, 타자의 소멸을 가능케 하는 근거로 자리잡는다. 영화는 우여곡절 끝에 결국 타자를 제거하는 데 성공하는 과정을 그린다.

임권택 영화의 '동일자와 타자에 대한 인식'은 이와 같은 구도와 사뭇 다른 양상을 보인다. 그의 영화에서 타자는 자아(동일자)의 적으로 존재하지만, 적은 종종 나와 명백히 분리되지 않는다. 동일자는 영화가 진행되면서 타자로 변하고, 타자는 어느새 동일자의 성격을 띤다. 타자는 얼핏 적인 것처럼 보이지만 실은 동일자다. 대상(타자)이 주체와 변별될 경우에도 동일자는 타자를 제거하는 데 성공하지 못한다. 적과 나의 혼재, 타자와 동일자의 공존은 명쾌함이 없는 혼돈 상태를 야기한다. 부정하지만 그럼에도 존재하는, 있으면서 없는, 객체 / 대상 / 타자이면서 어느새 자신의 내부에 도사리고 있는 그 무언가를 임권택 영화의 인물들은 지니고 있다. 그것은 확연하게 정의되지 않음으로써 등장인물들을 고통스럽게 만든다. 이러한 고통의 근원에는 손쉬운 화해를 허락하지 않는 냉엄한 현실이 놓여 있다. 냉엄한 현실은, 그 차가운 성격 때문에 인물들로 하여금 따뜻함과 화해를 지향하도록 만들어주는 요소이지만, 이 지향과 꿈꾸기는 현실에 그것이 존재하지 않는다는, 대상의 현실적 부재를 인정한 기반 위에서 이루어지는 것이므로 비극적 성격을 갖는다. 고통스러운 현실, 차갑고 비극적인 이 세계는 임권택 영화의 인물 구도를 통해 표상되며, 동일자와 타자의 공존과 혼재를 토대로 한다.

「짝코」에서 송기열과 짝코는 대립적 위치에 있는 인물들이다. 그 심층에는 이들이 대표하는 좌―우익 대결의 역사적 경험이 근간으로 놓여 있지만, 여기서 임권택이 갖는 관심은 이데올로기 투쟁의 현실이나 분단의 억압적 상황이 아니다. 분단으로 상처받은 개인사의 굴절과 좌절, 그리고 외세 이데올로기에 의해 훼손당한 민족적 동질성과 그 구현체인 파탄된 개인의 삶에 있다. 영화의 내러티브 구조가 회상(플래시백 *flash back*)에 크게 의지하고 있는 것은 이런 의미에서 우리에게 시사적이다. 흔히 회상이라는 장치는 이전에 있었던 사실을 알려주는 구실을 하지만, 여기서 그것은 더 적극적인 의미를 띤다. 와해된 꿈, 그들이 꿈꾸어온 지향점의 허물어짐을 가리키는 주제적 장치로 사용되는 것이다.

현실과 과거의 빈번한 교차는 그 꿈이 과거의 것임을, 즉 현실화할 수 없는 '꿈'임을 알려주고 있다. 그들의 꿈은 무엇인가. 송기열이 경찰에 재직하던 당시의 꿈은 짝코를 잡아 "어디 가서 지서장이나 한자리 해묵"는 것이다. 짝코를 추적하느라 한평생을 보낸 지금 그의 꿈은 달라졌다. 고향에 가서 명예를 회복하는 것, 금반지에 "눈이 뒤집혀" 놓아준 것이 아님을 해명하는 것이 지금 그의 원이다. 갱생원 화장실 안에서 송기열은 식칼을 들이대며 짝코에게 말한다. "나랑 같이 갈 디가 있어 이놈아, 그때 나를 파면했던 상사한테 가는 거여, 가서 내 억울함을 해명혀!" 이어 파면 당시의 회상신이 나오고 아내 정미의 주검이 보여진다. 그리고 장면은 회상에서 다시 현실(화장실 안)로 바뀐다. 송기열은 짝코를 재차 다그친다. "어쩔 거여, 아내한테 가서 내가 무고하다는

송기열과 짝코라는 '병든 노인.' 이 육체의 한 계점에서 드러나는 가혹하고 어리석고 교활하고 냉정하고 또 질긴 우리 시대 아버지들의 한.

걸 해명허고 사죄를 할 거여? 아니면 여그서 죽을 거여?"

이 시퀀스는 두 가지 중요한 사실을 알려준다. 먼저, 대상이 상사에서 아내로 바뀐 것은 그의 꿈이 구체적인 인물에 매어 있지 않고 상실된 고향과 훼손당한 자아의 삶을 복원하는 데 있음을 가리킨다. 그리고 방금 전의 회상 신에서 아내가 우물에 투신 자살한 것을 배치함으로써 임권택은 이 재촉하는 장면의 진정한 의미를 관객에게 내비친다. 이미 죽은 아내에게 해명하라는 것은 그가 미쳐간다는 의미 외에도, 꿈의 실현 불가능성을 암시하는 것이다. 짝코는 죽고, 송기열은 실성한 듯 웃고, 그리고 이들을 태운 열차가 고향의 반대

방향으로 질주하는 결말은 이미 이 시퀀스에서 예고되었다.

짝코의 생은 죽음과 삶을 넘나든다. 그의 꿈은 무엇인가. 그것은 목숨 붙여 사는 것이지만 때로 이 기구함을 벗고 죽는 것으로 제시되기도 한다. 점순과 재회한 신에서 그는 점순을 따라 쥐약을 먹는다. 자살의 의지(꿈)를 막는 사람은 이때 느닷없이 등장한 송기열이다. 물론 송기열이 개입한 건 우연한 사건이다. 어찌 되었든 사랑하는 이와 함께 죽는 것마저 그가 용서치 않는 결과를 가져오는데 송기열의 꿈을 짝코가 깨버렸다는 점에서 두 사람은 파괴된 꿈, 파괴시킨 의지의 순환고리를 형성한다. 자아와 타자는 혼재해 있다. 송기열을 주인공인 동일자로 볼 수 있지만, 타자인 짝코는 영화가 진행되면서 미워할 수 만은 없는 또 다른 동일자로 화한다. 어머니 곡성댁을 만나는 장면이 그러하며 점순과 산길을 필사적으로 도망치다 헤어지는 장면, 그리고 송기열과 짝코의 꿈이 이데올로기적 신념과 먼 거리에 있다는 내러티브 구성이 그러하다.

「짝코」의 미장센은 등장인물의 고립감을 두드러지게 구축한다. 감독은 이 고립감을 부감(하이 앵글 *high angle*)과 같은 촬영 각도나 사람들로부터 떨어뜨리는 구도에 의해서가 아니라, 집단과 개인의 시선 대비, 군중들 사이에 위치한 개인의 작은 움직임과 같은 아주 미세한 동작의 변화로 드러낸다. 도입부에서 갱생원 막사에 들어온 송기열이 짝코를 처음

대면하는 시퀀스는 좋은 예다. 중반부에서 안구 기증 건의로 외진을 다녀온 짝코를, 실장을 위시한 행려자들이 의심하는 시퀀스도 참고할 만하다.

전자의 경우: 송기열이 막사 안에 들어왔을 때 그에게 쏟아진 행려자들의 시선은 그를 낯선 존재로 부각시킨다. 그러나 송기열이 짝코를 발견한 뒤 모포를 젖히고 유심히 짝코를 관찰하는 장면에서 두 사람의 위상은 바뀐다. 행려자 모두의 시선이 짝코에게 쏠림으로써 짝코의 위상은 궁지로 몰린다. 여기서 관객은 행려자의 시선에 동일시되어 행려자와 함께 짝코의 신분을 의심하게 된다. 카메라는 전방에 누워 있는 짝코, 중앙에 앉은 송기열, 배경으로 서 있는 행려자들을 함께 담아 짝코를 위축시킨다. 그러나 짝코의 무시와 변명이 점차 설득력을 갖자 행려자들의 시선은 폐쇄된 원형 구도를 형성하며 송기열에게 집중된다. 짝코와 실장에 의해 넘어지면서 송기열은 다시 고립된다. 행려자들이 식당으로 몰려간 뒤의 텅 빈 막사는 이 고립감을 강화한다.

후자의 경우: 감독은 문을 열고 들어오는 짝코를 행려자들이 일제히 쏘아보게 함으로써 서서히 긴장을 형성시킨다. 짝코는 화면을 가로질러 자기 자리로 돌아가지만, 가로지르는 이 행위는 실장과 행려자들의 집중된 시선을 흩트리지 못한다. 실장과 사람들의 질타하는 듯한 시선은 짝코의 고립을 강조하는 역할을 한다.

이와 같은 고립감은 영화의 배경 공간을 통해서도 이루어
진다. 비좁고 초라한 여인숙, 점순과 짝코가 숨어 있던 동굴
아지트, 짝코가 어머니를 만나던 헛간, 그리고 현재 그들이
마주친 갱생원은 폐쇄성을 드러내는 공간이다. 오브제로 사
용되는 송기열의 검은 안경마저도 밀폐된 느낌을 자아내는
데 일조한다. 체제에 희생된 인간의 갈등과 고통은 「짝코」에
나오는 고립무원의 공간 안에 축도(縮圖)처럼 집약된 것이
다. 그러나 그 고통의 축도 언저리에 들러붙은 군더더기들:
TV 특집 프로그램에 나온 리처드 교수와 대담자들의 발언은
그 의도가 너무 쉽게 드러나는 안이한 장치다. 송기열 부인
의 급작스럽고 작위적인 죽음은 또 무언가. 더 잘 설명해주
려다 망친 「짝코」의 흠집에 대해 아쉬워하는 이들이 많을 것
이다.

「길소뜸」의 모티프는 고향으로 향하는 '길'이다. 이 길은
추억을 떠올리는 길이며 귀향의 길이다. 추억은 모두 아름다
운가? 그렇다고 대답하는 이에게 「길소뜸」은 그것이 현실에
기반하지 않은 낭만적이며 감성적인 인식임을 알려준다. 추
억은 회상을 통해 불려졌을 때만 아름답다. 말을 바꾸면 회
상으로 존재할 때만 추억은 아름답다. 다시 바꾸어 말하면
추억은 그것을 현재에 살고자 고향을 찾고 고향에 당도하는
바로 그 순간 엄연한 고통으로 다가오는 실체인 것이다. 고
향은 상실의 존재이면서 현재 여기와 연결되어 있는 궁핍한

현실의 공간이고(동진과 석철의 어려운 살림살이, 더 냉담해지려고 애쓰는 화영의 심리는 그들이 과거로부터 온전히 자유롭지 못함을 보여준다), 지금 여기와 차단되어 있는 부단한 탈출 의식의 결과물이다. 따라서 회귀의 길은 진로(進路)이자 퇴로(退路)다. 꿈꾸기의 적극적인 실천 행위라는 의미에서 그 길은 진로이지만 나아간 그곳에서 대상의 부재를 확인할 수밖에 없다는 의미에서 그 길은 퇴로다. 그러나 다소 불편한 표현이 용인된다면, 지시되는 것으로만 존재하는 비실재적 실재물임이 확인된 연후에 떠나온 현실로 다시 돌아가게 된다는 의미에서, 그 길은 다른 뜻으로서의 귀로다.

아련한 음악과 함께 배우와 스태프의 자막이 떠오르면서, 크레디트 타이틀의 카메라는 사막처럼 메마른 박토에 시선을 고정시킨다. 이 장면은 바슐라르가 "화강암이나 흙, 바람이나 건조함, 물이나 빛"과 같이 물질화함으로써 고향은, 그리고 "우리의 꿈은 적합한 실체를 얻는"다고 설파한 것처럼,[2] 건조한 흙의 이미지로 가공의 마을 길소뜸을 표징하는 장면이며, 아울러 이제는 고향으로 회귀할 수 없고 하고 싶지도 않은 화영의 내면 심리까지 암시해주는 장면이다.

첫 시퀀스는 화영의 가정이다. 아이들은 이산 가족 찾기 방송을 보면서 "누가 더 많이 우나 시합하는" 듯 부녀의 만

2) 바슐라르, 이가림 역, 『물과 꿈』, 문예출판사, 1984, p. 16

남과 모자의 상봉에 눈물을 흘린다. 아이들 엄마인 화영은 혼자 늦은 밤까지 TV를 보지만 표정의 변화는 보이지 않는다. 그녀는 남편의 권유와 잃어버린 아들에 대한 가책으로 마지못해 방송국에 찾아간다. '마지못해' 가는 이유는 그녀의 현재 삶이 단란하고 유복하기 때문이며, 지키고 싶은 가족과 가정이 있기 때문이다.

만남의 광장에서 화영은 옛 애인이자 의붓오빠인 동진을 만난다. 그녀는 동진이 알은체를 하자 잠시 놀라지만 그리

과거는 하나의 얼굴을 하고 있게 마련이다. 희미하면서도 아름다운. 동진의 비극은 과거를 추억의 자리에 내버려두지 못하고 지독한 미련의 힘으로 다시 불러내 현재화한 데 있다. 그 결과 떠오른 것은 아주 참혹하게 탈색된, 허옇게 문드러진 얼굴이다.

36

큰 기쁨이나 동요의 표정을 보이지 않는다. 동진의 허름한 점퍼와 구부정한 어깨에는 고달픈 생활의 흔적이 배어 있다. 동진이 그녀를 '먼저 알아차린 것'은 그 삶의 흔적과 그의 가슴에 쌓여 있는 그리움의 크기를 말해준다. 이는 임권택 감독이 정치하게 조직한 연출 의도이기도 하다. 한 인터뷰에서 그는 "김지미(화영)는 앞으로도 탄탄한 세월을 살아갈 것이므로 동진을 별로 그리워하지 않는다. 반면 신성일(동진)은 과거를 안고 살아가는 인물이므로 김지미를 그리워한다. 그런 논리정연한 바탕 위에서 연기를 지도했고 표정을 유도했다"고 밝힌 바 있다.[3]

그리움은, 조광희 교수의 표현을 빌리면 대상의 부재를 전제로 한다는 측면에서 과거라는 시간의 양태에 의지하는 욕망이다. 그는 과거의 삶을 살고 있다. 그를 지탱해주는 실존적 근거는 회귀의 상상이고 복원의 갈망이다. 언젠가 고향의 그 시절로 돌아가리라, 기어이 그때의 행복을 되살리리라. 그 상상과 갈망은 동진에게 '지켜야 할 화목하고 풍요로운 가정과 가족이 내겐 없다'는 인식을 심어준다. 적어도 화영을 다시 만나기 전까지 그는 그렇게 생각했다. 화영과의 재회는 동진에게 자아를 구성하는 타자로서의 객관 세계 그리고 이와 얽혀 있는 관계의 망과 현재적 시간 양태를 인식시

---

3) 정성일 편, 『한국 영화 연구 1 — 임권택』, 오늘, 1987, p. 227

켜주는 계기가 된다. 화영을 만남으로써 자신이 살고 있는 현실의 시간적 의미, 즉 모든 관계가 이미 바뀌어 새로 정립됐고 한번 상실된 것은 다시 돌아오지 않는다는 엄정한 사실을 깨닫게 된 것이다.

이들은 아들로 추정되는 청년을 만나러 춘천에 간다. 화영과 동진 사이의 교집합적 존재인 아들은 나뉘어 산 33년의 먼 세월과 '맹석철'이라는 뜻밖의 이름만큼이나 낯선 존재로 변해버렸다. 그는 그리운 아들 성운이 아니라 거칠게 살아온 청년 맹석철이다. 어머니에 대해 석철이 품고 있는 애증(愛憎)의 감정은 그들의 첫 만남 장면에서 탁월하게 묘사된다. 쌍가마를 보여달라는 화영과 동진의 요청에 석철은 증오와 그리움이 뒤섞인 얼굴로 도전적인 자세를 취한다. 중앙의 빈 공간을 사이에 두고 화면 양옆에서 대립해 있는 이 세 사람을 카메라는 측면의 꽉찬 풀 숏 *full shot*으로 팽팽하게 잡아낸다. 팔짱을 끼고 화영을 수평으로 노려보는 석철의 태도는 곧 그가 화영을 자신의 어머니로 감지했음을 암시해준다. 이어서 석철이 나오는 장면, 대립적인 눈길을 거두며 부모 앞에 무릎을 꿇고 머리를 조아리는 컷이 이러한 느낌을 강화한다. 이때 카메라는 석철의 머리 뒤에서 쌍가마를 확인하는 화영의 손길을 담는다. 이 손길은 그러나 따뜻한 손길이 아니며 동진·석철과는 너무 먼 거리에 존재하는 손길이다. 그녀는 믿지 못한다. 화영은 미군 부대 앞과 골목 어귀들을 다니며 석철의 기억을 확인하지만 이것은 기억과 과거의 환기가 아니라, 차라리 믿고 싶지 않은 화영의 내면 심리의 무의식적 방황이다.

그녀의 손길이 안타까운 여운을 그리는 유일한 장면 : 혈액 검사실을 나오면서 사흘 후에 만나자며 동진이 잠깐 손을 쥐었다 놓을 때, 바로 그때 동진의 손길이 있던 그 자리에 화영의 손이 잠시 멈추어 미세한 떨림의 결을 그린다. 이 아쉬운 클로즈업만이 수난과 인고의 세월이 앗아간 한 여인의 따뜻한, 아니 따뜻했던 내면 표정을 짧게 비춰줄 뿐이다.

혈액 검사도 그녀는 마지못해 한다. '마지못해' 한 이유는 무엇인가. 화영이 석철에게 그러한 것처럼 석철 또한 화영에게는 낯설고 먼 존재다. 그는 차에 치여 죽은 개를 덥석 안고 오거나(화영의 손과 대조되는 석철의 피 묻은 손!) "먹감다 죽은 시체"를 바로 건져내지 않고 "여러 번 자맥질하고 두어 시간을 지체시킨 뒤" 건져내어 "기만 원"의 돈을 벌어먹고 사는, 아니 뜯어먹고 사는(화영은 이 대목에서 구토를 한다) 끔찍한 생존자이며, "판석이네 가서 꼽사리 끼라니까!" 하고 아이에게 함부로 소리를 지르거나, 친부모가 빤히 보고 있는 줄 알면서도 아내와 대청마루에서 성관계를 가지려고 하는 '망종'이 된 것이다.

동진과 화영이 아들에 대해 품어왔던 온갖 상상과 아름다운 수사들, 예컨대 아련함이랄지 그리움, 죄책감, 찾아야 한다는 책임감 따위의 상징 의미는 이쯤에서 완전히 뒤집힌다. 성운이 석철로 전복적으로 바뀌는 체험은 그들이 결코 회상 속의 길소뜸으로 되돌아가지 못할 것임을 시사한다. 그들의 귀로는 이제 다시 현실을 향해 펼쳐져 있다. 동진에게 영원한 그리움의 대상이었던 화영과 성운의 존재는 그가 객관 세계의 현재성을 인식한 것과 동시에 '훼손된 자아' '상실된 자아'의 자리에서 냉엄한 '타자'의 위치로 전이된다.

의사의 검진 결과를 듣고 석철은 낮게 흐느낀다. 드디어 친부모를 만났다고 그는 생각한 것이다. 그래서 스크린의 중앙에 위치한 석철은 왼편의 동진과 오른편에 있는 화영의 손을 각각 붙잡아 관계의 맥을 이으려는 심리를 드러낸다. 카메라는 화면 상단 좌우에 동진과 화영을 배치하고, 중앙 하단에 석철을 위치시켜 회복의 뉘앙스를 풍긴다. 그러나 화영은 냉정히 석철이 잡은 손을 뺀다. "인간적이고 문화적인 것보다 100% 친자 결과를 원"한다고 말한다. 격앙된 어조가 아니라 차분하고 담담한 어조를 사용함으로써 임권택 감독은 허방을 딛는 듯한 추락의 느낌과 함께 소름 끼치도록 차가운 현실의 슬픔을 전달하고 있다.

회상의 주체이자 주인공인 화영의 이와 같은 부정적 성향은 관객으로 하여금 작품에 몰입하지 않고 비판적 거리를 유지하도록 하는 중요한 역할을 한다. 긴장을 늦추지 않는 선상에서 이 세 사람의 삶과 성격과 절망을 예의 주시하게 만드는 것이다. 동진의 소시민적인 캐릭터는 화영과 석철의 그것과 좋은 대비를 이루는데 이는 옛 아내와의 재회와 옛 아들과의 만남이 남긴 씁쓸한 여음(餘音)과 연계를 이루어 형상화된다.

귀가한 동진과 맹인 아내의 잠자리 장면은 첫번째 경우에 해당한다. 동진과 아내 두 사람을 바스트 숏의 차단 구도로 밀어넣고, 임권택은 이를 보라는 듯 냉정한 자세로 카메라를 고정 *fix*시킨다. 그러나 3분 30초 가량의 롱 테이크가 갖는 차가움, 또는 이름붙일 수 없는 통증을 그들은 견디지 못한다. 동진은 꿈꾸기의 와해 징후로 인하여, 아내는 그와 함께 한 곽곽한 세월의 서러움으로 인하여 견뎌내지 못하는 것이다. 그들은 이 현실의 차가운 사각 앵글에서 고개를 삐뚜름히 돌리거나 슬며시 일어나 앉아, 비어 있는 자리의 쓸쓸한 여백을 더 넓혀놓는다. 두번째 경우는 동진이 석철을 만나고 온 다음 식구들과 함께 앉아 있는 장면이다. 화면 가운데 동진의 뒷모습이 보이고 다섯 아들과 며느리, 그리고 아내가 그를 감싸듯 위치해 있다. 석철을 장자로 들이겠다는 그의 뜻에 자식들은 말없이 고개를 떨구고 앉아 있다. 그러나 이 장면은 화면 중앙의 동진을 자식들이 에워싸는 원형 구도로 설정됨으로써, 이들의 압력과 무언의 반대 이미지를 은연중에 구축한다. 이 두 장면의 효과를 더욱 배가시킨 것은 직접적이지 않고 짧은 은유적 암시로 이 신들이 조직화되었다는

데 있다. 이와 달리 분단의 비극과 대리 전쟁의 피에로를 운
운하는 화영 남편의 대사(설악산 시퀀스)는 지나치게 해설적
인 탓에 상투성으로 떨어져버린다. 예를 들어 "이 민족의 비
극적 운명을 사랑함으로써 이를 극복할 수 있으리라 생각합
니다"라는 말은 얼마나 노골적인 계몽적 훈시인가. 넘쳐날
때 의미는 느껴지지 못한다. 역으로 그것은 모자라고 감추어
져야 절실하게 다가온다.

「길소뜸」의 진정한 관심은 분단이나 이산 가족의 재회가 아
니다. 이들은 하나의 동기이며 표층의 지시체에 불과하다.「길
소뜸」의 관심은 '그뒤/이후'다. 재회 이후이고, 분단 이후이
며, 만남 이후이고, 고향에 도착한 이후다. 그것은 역사의 이
면이면서 동시에 존재의 내면을 잇는 통로다. 그러나 그 통로
는 무어라 이름붙일 수 없는 크나큰 고통의 통로이며 얼마나
더 가야 친화의 보편성에 이를지 알 수 없는 통로다.「개벽」
과「서편제」는 그런 의미에서 이 통로의 연장선 위에 있다.

IV

내러티브 체계의 내적 구성을 중심으로 임권택 감독의 영
화를 분류한다면 크게 다음 두 가지로 나눌 수 있겠다. 첫째,
고전적 할리우드 스타일에서 유래했으나 대부분의 극영화들
이 공통적으로 차용하는 발단-전개-갈등과 위기-절정-
대단원의 플롯으로서「우상의 눈물」「안개마을」「티켓」「씨

받이」등이 이에 해당한다. 둘째, 이른바 드라마틱한 구성과는 거리를 유지하는 기—서—결의 플롯으로서 「만다라」「길소뜸」「개벽」「서편제」등이 이런 형식을 품고 있다.

첫번째 경우: 사건이 극적으로 전개되면서 인물이 갈등의 겹을 이루고 몇 개의 반전이 마련된다. 극 구조 전체는 일반적으로 완결성을 지향하며, 따라서 대단원은 위기를 극복하고 문제가 해결되는 닫힌 결말을 이룬다. 부르주아 카메라 양식[4]에 기반한 고전적 스타일이 지배 계급의 이데올로기를 관객에게 여과 없이 주입시키는 역할을 하는 것은 주지의 사실이다. 여기 첫번째 경우에 해당하는 임권택의 영화는 관객에게 익숙한 양식을 통해 익숙하지 않은 낯선 틈을 고정된 관념 사이에 배치했다는 점에서 이러한 입장과 변별되며 옹호의 여지를 갖는다. 한 예로 「우상의 눈물」의 절정 대목을 들 수 있다. 권달호 선생이 전교생을 동원해(?) 기표를 쫓아내는 과정은, 낭만적인 청춘 로맨스가 전부였던 당시 10대 영화의 공식을 감독이 따르는 척하면서 어떻게 어기는지를

---

4) 부르주아 카메라 양식: 트래킹 숏과 롱 숏으로 화면의 입체감을 제거한 고다르의 카메라 스타일을 영국의 영화 평론가 브라이언 헨더슨 Brian Henderson은 'Non - Bourgeous Camera Style'이라 불렀다. 그에 따르면 고다르의 카메라 스타일은 "나약하고 평평한 *flat* 부르주아의 실체를 비판한 것"이다. 일반적으로 'montage'와 'composition-in-depth'를 통해 2차원의 평면적인 화면을 입체적인 3차원의 공간으로 재현시키는 카메라 스타일을 부르주아 카메라 양식이라고 한다.

잘 보여주는 경우다. 하지만 임감독이 80년대 중반 이전까지 영화의 스타일에 대해 일관된 미학적 약호 혹은 전략을 갖지 못한 것은 지적받을 만하다.

　두번째 경우: 갈등은 명백히 존재하지만 관객의 감정 몰입과 동화를 유도하는 기복적인 반전은 지양된다. 기—서—결에서 '서'는 그러므로 관객의 심리적 기대를 허무는 경우에도 차분한 흐름을 보이며(「만다라」에서 지산의 죽음, 「길소뜸」에서 화영이 의사의 감식 결과를 거부할 때 담담하게 연출된 심리 처리), 대개는 이야기를 지탱하는 개별 단위의 내적 의미를 평이한 양식 체계로 축조해나간다. 대단원은 문제의 해결인 경우도 있으나, 열린 상태로 끝나기도 한다. 작가로서의 개성이 두드러지는 이 영화들을 비롯해 이후 감독은 특유의 유연한 롱 테이크와 리얼리즘을 지향하는 구성으로 자기 영화의 양식을 꾸려간다. 내러티브 스타일로 분류한 이 영화적 도식은, 분위기와 농도의 퍼센티지에 의해 편의상 대별한 것일 뿐 한 작품의 우열을 평가하는 결정적인 기준이 되는 것도, 작품에서 명확하게 가름되는 것도 아니다.

　두번째 경우에 해당하는 「만다라」「길소뜸」「서편제」가 회상의 형식에 크게 의존하고 있는 것과 달리 「개벽」의 구성은 시간 순서에 따른 순차적인 배열로 이루어져 있다.

　발생론적 시간 양태를 따르는 것은 자연적 흐름을 좇는다는 의미를 띠면서 영화를 담백하게 이끌어주는 기능을 한다.

그러나 이 구조는 느슨하게 풀어진 느낌을 주지 않는다. 그것은 첫째, 수운의 처형으로 시작해서 해월의 처형으로 종결되는 압운(押韻) 구조와, 둘째, 죽음과 죽음 사이에 놓인 해월의 긴장된 삶에 기인한다. 그 긴장된 삶의 연속이 그의 일대기다. 영화는 해월의 일대기를 보여줌으로써 역사적으로 소외된 존재인 그를 복권시키는데, 이 복권은 그의 일생을 메우는 고난의 연대기를 통해 이루어진다. 「개벽」은 바로 이 고난에 초점을 맞춘 영화다.

영화는 옥에 갇힌 최제우에게 따뜻한 밥을 주는 것으로 시작한다. 가난이 육화된 시대에 밥이 갖는 의미는, 예컨대 해월이 피죽을 소중히 떠먹는 모습과 영화 곳곳에 자주 식사 대접하는 장면이 나오는 것으로 구현된다. 이 귀한 밥(동학의 한울님!)을 엎어뜨리는 것은 포졸들이다. 최제우의 처형신 다음 장면에서 포졸들은 밥상을 든 아낙을 밀치며 해월을 쫓는다. 카메라는 도주와 추적 장면을 들고 찍기(핸드 헬드 *hand held*)와 고정된 롱 숏의 대조적인 움직임으로 보여준다. 들고 찍는 촬영은 긴박감을 조성하면서 단조로울 수 있는 스토리 전개를 동적으로 끌어당겨주고, 고정된 롱 숏은 쫓는 자와 쫓기는 자의 모습을 안타깝게 보게 만든다. 이 신의 아홉번째 컷은 한밤, 흰 도포 자락을 휘날리며 개울을 건너 밭둑을 내달리는 해월과 동학도 그리고 포졸의 모습을 56초 동안이나 고정시킨 채 원경으로 촬영하였다. 개울을 건너다 다리를 삔 한 도인, 그를 구하려고 먼데서 되돌아오는 해월. 그러나 도인은 잡히고 해월은 다시 도망친다. 열번째 컷에서 끌려가는 도인을 카메라는 꽉찬 바스트 숏으로 따라가며 보여준다.

이 영화의 주된 양식 미학은 바로 이 점, 즉 닫힘과 트임의 미장센이다. 인간 세상은 닫힌 공간으로, 자연은 열린 공간으로 장면화하지만, 해월이 너른 벌판에서 하나의 작은 점으로 던져져 스크린을 느린 속도로 가로지르는 장면들은, 트임의 미장센이 결코 시원한 스펙터클이 아니라는 걸 알려준다. 수려한 자연과 대비되는 고난의 인간사가 그 속에 깃들여 있는 것이다. 닫힘의 공간은 또한 일반적 의미의 답답함만을 연출하지 않는다. 화면의 반을 ㄷ자로 가린 초가지붕 아래로 해월의 설법을 듣고자 사람들이 빽빽히 모인 장면은 단순한 밀폐 공간이 아니라, 동학에 대한 민중의 관심과 열기, 해월에 대한 지지와 인본(人本)의 세상을 갈망하는 그들의 호응을 조형적인 구성미로 빚어낸 장면이다.

영화에서 해월은 농부로, 동학의 2대 교주이자 수배를 받은 도피자로, 또 세 부인의 지아비이자 바람에 꺾인 나뭇가지와 쟁기질에 다친 지렁이를 보고도 마음 아파하는 순수한 인간으로 그려져 있다. 반상(班常)의 신분 차별을 없애자고 부르짖으며, 괴질(콜레라)을 막기 위해 미신이 아닌 지극히 과학적인 처방을 내린다. 아전 박개동 부자의 추적을 피해

잠행하면서도 그는 잠시 머무르는 집에 감나무를 심고 짚신을 보따리(전라도 일대에서 그는 '검둥꼴 최보따리'로 통했다)에 넣고 다니다 틈만 나면 다시 풀어 짚을 삼는다. 여기에 동학의 핵심이 있고 해월의 주장이 있다: 일하는 한울님과 평등.

형장 앞에서 외국인이 해월의 쇠퇴한 몰골을 촬영하는 장면은 외세의 침탈과 깊숙한 개입을 시사하는 한편, 척박한 삶을 마감하는 한 사상가의 고단한 역정의 결과를 온전히 드러내주고 있다. 이것은 실패이고 소멸인가?

동학 혁명은 당대에 명백히 실패했지만, 감독은 뒤에 작은 희망을 예비한다. 형장의 담장 밖에 임신한 셋째부인을 세워둠으로써 해월의 의지가 이어질 것임을 시사한다. 2세라는 상징성은 확실히 순진한 의미 부여이기는 한데 그게 큰 흠은 아니다. 영화의 치명적인 결점은 그보다 해월의 걸음 뒷면에 감독이 시선을 보내지 않는 데서 찾을 수 있다. 해월의 복권과 함께 영화의 수면 위로 부상해야 할 당대의 처절하고도 피폐한 상황은, 그의 도피를 드러내기 위한 장치인 판옥·계동 부자의 추격전에 가려지고 말았다. 전봉준과 대립한 장면에서 해월은 이렇게 말한다. "수운이 말한 개벽은 [……] 생활의 변화이고 생각의 변화"라고. "도는 세상의 질서를 세우기 위해 있는 것인데 도로써 세상을 어지럽히려 하다니 말이 되는가"라고. 인식의 변화는 사회 구조 및 제도와 분리되어 일어나는 것이 아님을 간과함으로써, 세상을 어지럽히는 주체와 그 결과 피폐한 민중의 삶에 대해 모호한 노기를 띠며 답변을 회피함으로써, 그리고 녹두를 해월과 대조시켜 조급하고도 강퍅한 인물로 부각시킴으로써「개벽」은 앞에서 논한 많은 장점을 스스로 거두고 있다.

이러한 문제는「서편제」에서 어느 정도 극복되기도 하고 또 어느 정도는 지속되기도 한다.「서편제」는 의심 없이 잔잔한 감동을 많은 이에게 안겨준 90년대초 한국 영화의 한 정점이지만, 임권택 영화의 절정은 아니다. 그것은 그 못미처에 있다.

영화의 내러티브는 소리꾼 유봉 일가가 몰락하는 과정과 일치하여 전개된다. 소릿재 주막에서 시작하여 영화의 공간은 대갓집 → 한량들의 술자리 → 장터 약장수판 → 폐가 → 계꾼 술자리 → 염전 주막 방으로 이어진다. 이것은 소리의 공간이며 소리에 실리는 유봉 일가 마음의 공간이다. 그들의 소리는 쇠락하는 공간을 따라 비애와 위안과 서글픈 서정을 피운다.

소릿재 주막 방에서 동호의 마음은 "갈까부다 갈까부다 님 따라서 갈까부다 바람도 쉬어 넘고 구름도 쉬어 넘는……" (세월네) 하는 그리움으로 표출된다. 호시절, 어느 대갓집에서 유봉은 "사면에서 우루루루…… 암행어사 출도여!…… 장비의 호통 소리 이렇게 놀랍든가!" 하는 위풍당당한 세월을 보냈으나, 어느새 '베싸메무초'에 묻히는 장터에서 약장

「짝코」「길소뜸」에 이은 우리 현대사의 비가. 시대의 뒤안으로 사그라지는 노래, 가난한 소리에 일생을 건 예술가, 득음을 위한 의도적 자해, 육체 훼손의 공모성, 의사(疑似) 가족, 그마저 헤어져야 하는 현실, 두 시간으로는 감당하기 버거운 슬픈 역사를 영화는 떠돌이 소리꾼의 집념 안에 묶어놓았다.

수를 도와 "나를 어쩌고 가실랴오. 인제 가면 언제 와요"(송화)의 처량한 시절을 맞는다. 저 멀리 구불텅한 길 끝에서 화면 바로 앞에까지 「진도 아리랑」을 부르며 다가오는 5분 40초의 장시간 촬영 장면은 유봉의 가족이 오랜만에 흥겨운 일체감을 맛보는 순간이다. "사람이 살면은 몇백 년 사나, 개똥 같은 세상이나마 둥글둥글 사세"(세 식구). 그러나 이런 행복한 자위의 순간은 퍽이나 짧다. 그들은 다시 "아이 죽어 동자 귀신, 총각 죽어 몽달이 귀신 으히 으히 아이고오오……"(폐가의 송화) 하는 현실의 비참함에 이르게 된다. 이 공간 이동은 판소리의 '판'에서 그들이 소외되는 과정을 보여주는 것이기도 하다. 확 트인 너른 판에서 점차 차단된 개인의 공간으로, 좁고 막힌 구석으로 몰리는 소외의 과정 말이다.

결말의 염전 주막 방에서 송화는 동호를 만나 자신의 오랜 소망을 「심청가」 한 대목으로 표현한다. 그러나 이 갈망은 인당수에 빠진 심청이가 아직 눈을 못 뜬 아버지를 만나 "아이고 아버지 여태 눈을 못 뜨셨소" 하는 한탄처럼, 이루어지지 않는다. 송화는 아버지의 소리에 맺힌 한을 풀지도, 원을 이루지도 못했고 아버지를 위해 인당수에 빠지는 대신 눈이 먼 뒤에도 심청처럼 황후로 다시 살지 못했다.

동호의 회상에 의해 이러한 유봉 일가의 내력이 이어진다는 사실은 중요하다. 그는 이미 판소리의 규칙 혹은 당시 소리꾼이라면 마땅히 겪게 마련인 인생의 규율을 박차고 나간

자이다. 따라서 그의 회상은 돌아오지 않을 과거 고향의 시간, 그리운 존재와 부대낀 시간의 상실감을 북돋우는 장치다. 의식의 바닥에 가라앉아 있는 묵직한 어떤 것을 들추는 그의 회상은 이 상실감과 상승 작용을 벌이면서 향수와 기억 이상의 의미로 자라난다. 그가 약재상 등에 자주 전화를 거는 장면은 생업에 얽힌 그의 궁핍하고 구구한 여건을 보여준다. 가난 때문에 소리를 버렸지만 동호의 삶의 조건은 나아지지 않은 것이다. 잃어버린 시간이란 실은 현재까지도 진행 중인 시간이다.

송화와 낙산거사의 재회 장면은 회상은 아니지만 회상의 효과를 주고 있다. 학과 나비, 해를 송화의 한자(松花)에 그려넣으며 복을 비는 장면은, 그것이 한낱 꿈에 불과하리라는 느낌을 그들이 서 있는 현실이 드러낸다는 점에서 비애감을 전달한다. 이런 대목은 우리의 기억을 건드린다. 용렬한 필체로 복사된 가훈 '가화만사성(家和萬事成)' 따위가 질 낮은 나무판에 새겨져 있고 숟가락마다 손잡이에 '복(福)'자가 찍혀 있던, 불과 이십여 년 전 우리가 살아온 생의 풍경.

영화 전편에 흐르는 흐릿한 새벽 어스름의 조명이나 초저녁의 어슴푸레한 화조는 길떠나는 느낌, 아니면 길손이 낯선 마을에 들어섰을 때와 같은 스산한 느낌을 자아낸다. 정착하지 못하고 쉼없이 떠도는 것은 영화의 톤과 함께, 그들의 관계 설정에서도 드러난다. 그들은 혈연의 가족이 아닌 것이다. 이는 임권택 영화의 오랜 주제이기도 하다. 뿔뿔이 헤어진 가족, 남남과 같이 사는 의사(擬似) 가족이란 모티프는 「길소뜸」에서 친남매가 아닌 동진과 화영, 「티켓」에서 애인과 헤어진 뒤 다방 아가씨들과 함께 사는 마담, 「만다라」에서 가족을 버리고 입산한 법운과 지산 등 꽤 많은 작품의 지반이다.

영화의 등장인물들은 모두 실패한 자들이다. 폐렴에 걸린 아들의 병원비조차 가불해야 하는 동호. 어렵게 만난 그의 이복누나는 지금 시골 술집을 전전하며 살고 있다. 유봉과 혁필 화가, 송도상의 처지도 비슷하다. 도상은 과거 창극단의 주연, 이몽룡을 맡았었다. 허나 지금은 마약에 중독됐다. 혁필 화가도 자신의 그림이 잘 팔리던 때가 있었다. 그러나 지금은 "입에 풀칠하기도 힘들다." 그들이 한때 '날렸던' 적이 있기에 현재의 퇴락한 위상은 더 쓸쓸하다. 유봉은 음악적 자존심을 지닌 자다. '팩' 하는 성격과 꼿꼿한 허리의 그는 스승의 애첩과 관계를 가질 만큼 당대의 실력자였으나 세월이 흐르고 목이 안 트여 망신을 당하면서 그 자존심을 딸에게 물려준다. 그의 시대는 사라진 것이다. 씨암탉을 잡아먹고 닭주인에게 흠씬 맞은 그가 "아따 그놈의 자식 목청 한번 좋다…… 저렇게 나와야 되는 것이여" 하고 말할 때, 우리는 그가 지닌 득음에의 한을 짐작하게 된다.

한데 영화가 절정 언저리에 머무른 까닭이 바로 여기에 있다. 이들의 한은 서사 구조 속에서 무르익은 모양새를 획득하지 못하고 선험적인 관념으로 제시되고 있다. 관객은 그들이 겪은 한을 짐작할 수 있을 뿐이다. 스승한테 내침(파문)을 당했다는 '대화'가 오고 간 옛 동료 소리꾼들과의 술자리, 득음에 대한 집념을 추측케 하는 폐가와 여관 장면, 사회적 몰락을 암시하는 장터와 계모임, 빛바랜 삶의 분위기를 자아내는 혁필 화가와 송화의 재회 등 몇몇 장면만이 이런 짐작을 가능하게 하는 허약한 서사적 매개고리다. 영화의 지배적 배경을 점하는 처연한 산하와 구음(口音)은 쓸쓸하고 스산하되 절망적인 감성으로까지 화하지는 않는다. 물론 유봉 일가의 신산한 삶이 한 자체이긴 하다. 그러나 이는 궁상맞은 생활의 속내를 온전히 드러내는 방식으로 용해되는 한편, 이와 교직 관계를 이루는 당시 역사적 공간 안에 착지했어야 했다. 한의 근거, 그러니까 기구한 일생을 보낼 수밖에 없는 필연적이고 구체적인 모티프의 부재는 영화에서 한스러움에 대한 인위적인 강조로 이어진다. 그 대표적인 예가 송화의 눈멂이 성음을 위한 것이며 동호의 가출이 가난 때문이라는, 다소 도식적이고 관념적인 상황 설정이다. 예컨대 우리들 대부분은 한을 말할 때 가난과 예술적 집념을 먼저 떠올리지 않는가? 이 두 제재는 너무나 절실한 것이어서, 그만큼 생활에 밀착한 풍요로운 구조화 없이는 진부함에 빠지기 쉽고 훼손되어 값 없어지기 쉬운 동기들이다. 특히 딸의 눈을 멀게 하여 한을 쌓게 한다는 무리한 이야기 전개는 영화의 내러티브에 치명적인 손상을 입히고 있다.

앞에서 말한 '관념'은 추상화한 인식만을 일컫는 게 아니라 예술의 성취를 위해서는 소중한 존재, 즉 사랑이거나 자신의 육체거나 혹은 가족이거나 삶 따위를 희생시켜야 한다는 관습이 된 *convention* 상투적 국면 전개와, 유봉이 송화에게 자주 한을 강변하는(대사로!) 작위적인 의미화까지를 포함한다. 동호를 떠나 보낸 뒤 주막의 천씨와 송화가 나누는 대화는,

제 소리가 저 사람의 북장단을 만났을 때 대번에 동생인지 알아챘지요. 옛날 제 아비 솜씨 그대로였어요. [……] 한을 다치고 싶지 않아서였지요. [……] 우리는 간밤에 한을 풀어냈어요. [……] 제 소리허고 동생의 북으로요. (송화)

결말의 산뜻한 아련함을 방해해버린 임권택 감독의 노파심이면서, 동시에 「서편제」의 한이 비현실성에 감싸여 있음을 알게 해주는 대목이다. 이와 같은 시대적 숨결의 결여와 서사 구조의 낮은 개연성이 「서편제」의 위상을 절정 언저리에 머물게 한 주요인이다.

그럼에도, 이 명백한 내러티브의 결점과 이에 대한 우리의 비판에도 불구하고, 「서편제」에는 우리 가슴을 두드리는 그

무엇이 존재한다. 서사 구조의 빈약한 핍진성을 결코 덮어주지는 못하나, 그런 흠에도 불구하고 관객의 마음에 공명(共鳴)을 주는 것의 실체는 무엇인가. 이는 기실 작품 전면에 솟아 있는 판소리가 아니다. 정착과 연결될 수 없는 길, 애절한 소리 가락의 도상에서 덧없이 뒹구는 꿈과 자기 앞의 생을 걸어가는 이름없는 얼굴들이 바로 사자후보다 크게 우리 내면을 훑어내리는 의미들이다. 송화와 유봉은 「패왕별희」의 도즈와 시토, 즉 데이와 샬로처럼 은퇴하고 10년이 지난 뒤에도 극장 인부가 기억하고 있을 만큼 한 시대 최고의 예술가로 군림한 적도 없고, 배신의 역사 속에서 생사를 넘는 극적인 인생을 살지도 못한 지극히 보잘것없는 사람들이다. 그들은 역사로부터 줄곧 떠밀려만 왔던 부민(浮民), 이상도 이하도 아니다. 그들의 지친 생은 안주하지 못하고 떠도는 고통의 변주곡이지만, 그건 '몰락하는 국운' 식의 거창함 대신, 시뻘건 황톳길 위의 배역과 비애로 펼쳐진다. 이들을 통해 임권택은 다름아닌 지난날 우리들의 자화상을 그린다. 강견한 아버지 유봉, 동리 아저씨 같은 낙산거사, 소담한 자태의 누이 송화가 망연한 세월의 여로 위에 서 있는 것이다. 이것이 「서편제」를 거칠고 협소한 상상 공간에도 불구하고, 우리 시대의 애틋한 노래로 꼽게 하는 것들이다.

V

실패한 인물의 실패한 꿈에 대한 기록은 임권택의 개별 영화들을 실핏줄처럼 이어주는 동질적 토대다. 그의 영화 전편에서 길은 그 꿈의 궤적이다. 길떠나 당도한, 또는 밀려나 다다른 초라한 그 자리에서 더러 방황할지언정 끝내 지향점을 잃지 않고 몸부림친 흔적들, 그리고 그 떠돎에서 돌아온 것들과 이제 두 번 다시 돌아오지 못하는 무수한 꿈의 갈피들을 우리는 이 길에서 접하게 된다. 늙고 병들어서까지 쫓고 쫓기는 삶을 계속하는 송기열과 짝코(「짝코」), 고향을 희구하지만 현실의 벽 앞에서 무너져내릴 수밖에 없는 동진과 화영(「길소뜸」), 연고 없는 세월을 떠도는 무명의 소리꾼 유봉과 송화(「서편제」)는 가족의 별리, 역사의 파장에 휘둘려 정신의 거처를 잃어버린 인생, 요컨대 우리네 아비와 누이들의 초상 그 자체다. 「태백산맥」 이전까지 그의 영화 세계는 이렇게 어둡고 울적했다. 그러나 「태백산맥」의 실패를 기화로 그는 아주 낯선 세계, 「축제」의 쾌활하고 생동감 넘치는 화합의 공간으로 진입한다.

임권택식 로드 무비의 결정판을 「태백산맥」에서 기대했던 이들이라면 의당 앙상한 구호만으로 밀어붙이는 내러티브에 실망했을 것이다. 밀기는 해도 그나마 여기엔 탄탄한 동력이 없다. 벌교로 집약된 근대사의 뼈아픈 곡절도, 지리산 준령

「장군의 아들」 시리즈만큼이나 엉성한 실패작. 거대한 혼돈의 무대, 통제 불능의 서사, 억지로 끼여 있는 무용의 캐릭터. 대하 서사극을 꿈꾸는 감독에게 아마도 '스펙터클로서의 역사'는 뿌리치기 힘든 유혹이었던 듯하다.

에 드리워진 울울창창한 투쟁사도, 이렇다 할 주연도 없이 저 무수한 엑스트라들은 카메라 앞에서 좌충우돌하고 뜬금 없이 핏대를 세우며 저 홀로 심각해한다. 여순 사건에서 휴 전 협정까지를 한데 모아놓으려는 감독의 노욕은 영화를 소 설의 종속물, 아니 역사 연대기의 조악한 다이제스트판으로 만들었다. 해방 공간의 틈에서 튀어나와 광대하게 용솟음치 는 원작 소설의 혁명과 전쟁, 사랑의 세계는 2시간 남짓한 러닝 타임에 쑤셔박혀 왜소하게 끼워졌다. 김범우는 이유 없 이 근심스런 얼굴로 얼쩡거리고 소화의 춤사위는 맥이 쏙 빠 져버렸다. 널브러진 주검들에는 아무 표정이 없었다.

그러나 태백산맥을 등반하는 데 실패한 것은 차라리 잘된 일인지도 모른다. 그것이 계기가 되었다고 단정지을 수는 없 어도 아흔네번째 영화 「축제」는 그 패배 이후에 나온 아주 새로운 선택이었다. 감독은 여기서 가족의 화해를 노래한다. 이건 여러 면에서 시사적이다. 앞에서 살펴봤듯이 임권택은 불화의 감독이었다. 간혹 길 위의 여정을 따뜻하게 그린 순 간이 없지 않았으되 그 순간은 퍽 짧았다. 행복한 감정은 그 리움·분노·회한의 정서에 눌려 이내 사그라지고 주인공의 얼굴을 감싸고 있던 발그레한 화면은 아주 빨리 잿빛으로 변 하기 일쑤였다. 그러던 감독이 이제 관용의 길로 접어들려 하는 것인가.

「축제」에서 감독은 세상을 너그러이 바라보며 가족을 긍

58

정한다. 노모의 장례식에까지 가족의 대결 양상이 이어지기는 하지만, 「길소뜸」이나 「서편제」처럼 가족들을 끝내 갈라버리지 않고 마지막에 추스려 안는다는 점에서 「축제」는 임권택 영화의 전환점처럼 보인다. 주제에 접근하는 스타일이 바뀐 것도 이채롭다. 고통을 회고투로 파고들던 시선은 현실의 표면 쪽으로, 즉 현실을 수용한 삶의 쾌활한 생동감 쪽으로 방향을 틀었다. 그리고 상처의 해부가 아닌, 상처의 치유를 위해 동화와 인위성을 강조한 스튜디오 세트, 기록적인 카메라 등 다양한 양식

이 시도된다. 임권택의 시선은 확실히 예전과 다르다. 「축제」는 변화의 길목에 놓인 통과의례적인 영화다.

소설가 이준섭은 노모의 부음을 받고 귀향한다. 노모는 회생했다 다시 운명하고, 모여든 문상객과 일가 친척들로 마을은 이내 시끌벅적해진다. 어머니를 소재로 한 지루한 상징적

동화가 간간이 끼여드는 한편, 밤이 깊을수록 장례를 치르는 얼굴들은 불콰해진다. 이 분주한 상가에서 우리는 네 가지 화해 혹은 네 가지 해후를 목격한다. 노모와 준섭, 준섭과 용순, 농경 질서와 도시 문화, 한스러운 과거의 사연과 이를 기억 뒤에 부려놓고 줄달음질치는, 개인주의화하는 일상사가 그것이다. 이들은 비장한 폼으로 맞서지 않는다. 팽팽하게 충돌시키는 대신 감독은 이 이질적인 대립체를 싱거우리만치 담백한 입담으로 겹쳐놓고 엇섞는다.

관객은 이미 첫 시퀀스에서 예고받는다. 준섭의 귀향은 더이상 우울한 과거사를 되밟는 귀로가 아니다. 노모의 부음을 듣고 서둘러 짐을 꾸리기는 하나 준섭 부부의 낯빛이 그리 어둡지는 않다. 은지가 할머니가 또 죽었냐고 묻는 사이 아내는 시골로 내려갈 준비를 모두 마친다. 준섭은 고속도로에서 핸드폰으로 출판사에 사정을 알리며 여유 있는 농담까지 던진다. 비록 준섭의 가족이 이와 비슷한 경험을 여러 차례 겪은 것으로 나오기는 해도, 그들이 어머니 / 시어머니 / 할머니라는 육친의 죽음을 일상사로 받아들이면서 다소 심드렁한 모습마저(그것도 영화 도입부에) 내비치는 것은 우연한 기획이 아니다. 장례식에 참석한 일가 친지의 울음은 울음이 아닌 곡(哭)이다. 의식(儀式)의 한 부분일 뿐이다. 노모의 과거를 회억하는 장면이 끼여들기는 해도 그 회억의 눈빛 또한 예전처럼 절망에 관여하지는 않는다. 그런대로 호상(好喪)을

삶과 죽음을 바라보는 관조의 시선은 여유롭고 담백하다. 마치 장례식에 입는 치자빛 베옷의 빛깔처럼. 가족을 모처럼 긍정하는 노감독의 쾌활한 선언에 현실적인 망설임들이 조금만 더 깃들여 있었다면 좋았을 것을.

맞아 살아남은 자들이 갖추는 마지막 예우, 이 정도다. 「축제」의 길은 이제 방황과 망실의 길이 아닌 것이다.

그럼에도 용순은 장례식에 모인 이들을 과거로 이끌려 한다. 그녀는 임권택 영화가 이전까지 견지했던 부박한 실존의 페르소나로 등장하는 모양새부터 다르다. 언뜻 스쳐가기 쉽지만, 주문에 맞춰 음식을 나르고, 바삐 전을 부치고, 이곳 저곳에 빠짐없이 전화를 걸고, 누군가에게 뭐라고 지시하는 이들로 분주한 화면 복판에 언제부터인지 모르게 용순이 들어가 있었다. 슬며시 카메라가 수평으로 이동할 때 느리게 화면 안에 들어와, 정가운데서, 옴짝달싹 않는 뒷모습을 하고서는 준비가 한창인 상갓집을 노려보고 있다. 용순은 이렇듯 가족 누구의 관심도 끌지 못하는 인물, 허나 엄연히 가족 중심에 그림자를 드린 존재다. 앞에 은지와 인공 세트, 동화가 있다면 뒤에는 용순과 어린 시절 설움을 꾹꾹 참고 찬밥을 먹었던 부엌, 상처받은 세월이 있다. 그녀의 역할은 상처를 부각하는 데 있다. 임감독은 이를 미장센으로 처리한다.

화면은 수직과 수평으로 각이 진 구도와 원형 구도로 크게 나뉜다. 전자는 장례를 치르는 순서를 따라 평면적이고도 객관적인 기록의 구실을 한다. 후자는 가족의 공동체 분위기를 훈훈하게 띄우는 구실을 한다. 식구들은 장례 과정 내내 이 원리에 맞춰 카메라의 중심과 정면에 정교하게 배치되는데, 용순은 시종 그 잘 짜인 화면 구도를 흐트러뜨린다. 할머니 영정 앞에 양주와 수입 과자를 올려놓으려고 프레임 안에 들어오는 장면을 보면, 이때 카메라는 크게 움직이지 않지만 그녀의 만취한 갈지자걸음에 힘입어 아름답게 흐드러진다. 아니 흐려진다. 용순의 동선을 통해 거기 모여 있는 어른들은 졸지에 위선자처럼 되어버린다. 뒤이어 용순은 술김에 그들의 행실과 속마음을 용감하게 비판한다. 비아냥대고 다그치는 용순의 야유와 폭로는 관객을 부끄럽게 하면서 다른 한편으로 속시원하게 한다. 바로 그 순간, 관객이 그녀의 효심과 용맹성(?)에 호감을 가지려는 순간 준섭의 아내가 개입한다. 그리고 철딱서니 없이 투정 부리지 말라고 호통을 친다. 이는 단순히 용순의 태도에 대한 호령으로만 들리지 않는다. 할머니와 고락을 같이하지 않은 채 뒤늦게 책임을 묻는 데 대한 질책에 국한되지 않는다. 어쩌면 감독은 정신의 거처를 잃고 헤매던 그 시절, 우중충한 별리의 골목 쪽으로 더는 가고 싶지 않았는지도 모른다. 그래서 인공 세트를 강조하고 우화를 거푸 들려주었을 것이다. 막다른 골목처럼 도무지 비상구가 없던 예전 영화의 결말에 비해 「축제」에 독특한 출구를 마련한 것도 이런 연유다. 여하튼 큰누님은 그냥저냥 편하게 살겠고, 서울로 올라간 뒤에도 준섭은 장기자와 미묘한 관계를 유지하지 않겠는가. 이건 주제의 변주가 아니라 변모다. 게다가 현실을 기쁘게 수용한다는 점에서 이런 변모는 주목할 필요가 있다.

물론 가족사를 새로이 그리고자 하는 감독의 시도가 썩 후련한 성과를 거둔 건 아니다. 가령 영화가 끝까지 유지하고 있는 이야기 전개의 담백성은, 절제라는 의미에서 긍정적이지만 다면적인 인간의 조건을 지나치게 평면화한다는 의미에서는 부정적이다. 그건 어떤 경우 섬세해 보이고 어떤 경우 무디게 드러난다. 장례 절차는 전자에 속하고, 장례식에 참여한 인물들의 구체적인 생활과 이해 관계는 후자에 속한다. 특히 노련한 영상 구성력에 비해 캐릭터와 갈등 구도는 볼품이 없다. 「개벽」이후 두드러지게 나타나고 있는 캐릭터의 균열은 여기서 더 커진다. 용순의 무거운 등장과 달리 그의 분노와 방황의 배경은 허술하고 단순하다. 장기자의 역할은 억지스럽다. 준섭은 해결사로서의 주인공이다. 성공한 소설가이자 실질적인 가장으로서 돈 문제를 비롯한 숱한 어려움을 수월하게 처리한다. 어머니는 회상이 깊어갈수록 보편성·구체성이 아닌 추상성으로 이야기의 맥락을 뛰쳐나가고, 생존의 비극적인 고통은 인본주의를 설파하는 아름다운 풍경화로 변해간다. 이들을 건사하느라 바쁜 중에도 감독은 짬을 내어 아름다운 동화를 들려주는데, 그 마음은 따뜻하지만 듣기 좋은 꽃노래도 한두 번이다. 은지에게 같은 이야기를 되풀이하는 준섭의 태도는 노인의 잔소리와 통한다. 감독은 전형을 기대했겠으나 이건 교과서다. 매혹적인 인물형을 만나지 못한 건 정녕 유감이다. 그럼에도 나는 임권택 감독이 이런 허방들을 하나씩 넘어가면서 새로운 여정을 펼칠 것으로 생각한다.

능란한 이야기꾼도 아니고 영화적 수사를 구사하는 데 민활하지도 않지만, 임권택은 꿈의 잔해가 어린 얼굴을 통해 눈물겹도록 진솔한 우리 삶의 결을 드러낸 바 있다. 「축제」에서는 그 삶의 결이 안병경의 삼경 소리에 변화한 모습으로 깃들여 있다. 상갓집 지붕 위로 와자하게 터져나가는 웃음소리, 나는 이것이 반갑다. 산 자와 죽은 자를 가르는 마지막 자리에서 감독은 인생의 희비를 껴안는 쾌락주의를 선포한 것이다. 이는 역사적 증오의 늪을 건넌 자가 꿈꾸는 쾌락이기에 값있다. 이를 '성스러운 가족'의 출발로 볼 수도 있으리라. 실패한 꿈을 기록하는 방식은 충분히 여러 가지일 수 있는데, 임감독은 지금 막 새로운 길의 어귀 하나를 찾아냈다. 그는 지금 더 넓어지고 있는 중이다.

성과 속의 길항

정지영론

싸우기 전에 그는 존재하지 않았다. 안팎으로 싸우기 시작하면서, 비로소 그는 한국 영화계에 존재하기 시작했다. 영화사적 존재감을 확인하게 한 정지영 감독의 싸움은 크게 다음 두 가지이다. 하나는 민족 분단 이후 우리 현대사의 허리에 꽤 무거운 하중을 지우며 쓰러져 있던 역사적 사건을 당당히 스크린에 불러세웠다는 것이다. 빨치산을 인간으로 그린 최초의 영화 「남부군」(1990), 박정희 정권의 장기 집권과 분단 체제를 굳히는 데 정략적으로 이용된 베트남전 참전을 다룬 「하얀 전쟁」(1992), 이 두 영화는 정지영이 지배 집단의 앵무새 역할을 자청한 한국 영화의 서사적 전통과 공륜이라는 검열 기관 및 제작 공정 곳곳에 도사리고 있는 유무형의 제도적 압력과 싸워서 거둔 전과다. 다른 하나는 세계적인 외화 직접 배급 회사인 U. I. P. 직배 영화를 앞장서 반대하고 우리 극장이 스크린 쿼터제를 제대로 이행하는지 감시단을 통해 철저히 확인해 여론화하는 등 한국 영화의 배급과 상영에 따른 제반 문제를 사회적으로 강력히 제기했다는 것이다. 우리 영화의 허약한 체질과 불안한 운명이 이 시기 영화인들의 투쟁과 더불어 광범위하게 알려졌는데, 여기에 정지영 감독이 선발대로 참여했다. 한국 영화 사회사를 기술하려는 이가 있다면 아마도 정지영이 1980년대말 당시 영화를 포기하다시피 하고 매달렸던 이런 운동에 대해 여러 장을 할애하지 않을 수 없을 것이다.

　그러나 더 큰 싸움은 자기 자신과의 싸움이었다. 정지영 감독은 1990년대 이후 새로운 영토 위에 자신의 필모그래피 *filmography*를 부려놓았다. 이전까지 그는 「여자는 안개처럼 속삭인다」(1983)부터 「여자가 숨는 숲」(1988)까지 주로 여성을 소재로 한 상업적인 멜로드라마를 만들어왔다. 그러던 그가 90년대 이후 가정의 울타리를 박차고 역사의 텃밭을 향해 걸어들어가기 시작한 것이다. 한국 영화 산업의 관행이나 상업적 구조에 비추어볼 때 정지영이 선택한 이와 같은 노선의 변화는 자못 의미심장하다. 상업 장르로 영화 인생을 출발한 감독이 사회파 드라마로 길을 바꾼다는 것은 말만큼 쉬운 일이 아니다. 게다가 저항적 관점에서 역사적 의미를 지닌 프로젝트를 영화화한다는 건 상상하기 힘든 결정이다. 우선 자본을 끌어오는 일부터 힘들 터이고, 지금은 사라진 공륜의 가위질과도 맞서야 하며 보수 여론의 역공에도 대비해야 한다. 또 흥행의 불안정성까지 염두에 두어야 한다. 그런 현실에 견주어, 불혹의 나이를 지낸 감독이 새삼 진보적 입장을 천명하며 일관된 리얼리즘의 색채를 유지하려고 노력한다는 것은 반겨 맞이할 만한 일임에 틀림없다. 특히 90년대 이후 그의 작품 세계는 사회적으로 커다란 비중을 갖는 제재라는 점에서도 주목할 만하지만, 이를 거친 주장으로 드러내지 않고 수미일관한 양식적 기법을 통해 일정한 형상적 성취까지 거두었다는 점에서 눈길을 끌 만하다.

정지영의 영화는 상반된 가치관에 근거한 두 세계의 대립과 삼투라는 측면을 지니고 있다. 다소 거칠게 이름붙이자면 그가 다루는 세계는 성(聖)과 속(俗)이라 칭할 만한 두 범주의 팽팽한 대결의 현장이며, 그 안에서 길 찾기를 시도하는 인물들의 방황과 절망의 세계이다. 그의 영화에서 등장인물들은 성스러운 세계를 지향한다. 「남부군」에서는 지리산이라는 공간적 배경과 공산주의라는 이념적 배경, 「산산이 부서진 이름이여」에서는 탈속한 구도의 길, 「하얀 전쟁」에서는 인간의 본성이 짓밟히지 않는 세계에 대한 열망, 「헐리우드 키드의 생애」에서는 스크린이 내뿜는 환상의 세계 따위가 그것이다. 그러나 등장인물들이 발 딛고 있는 삶의 자리는 철저한 세속의 세계이다. 「남부군」에서는 산아래 마을의 악몽 같은 일상이나 착취의 사회 구조, 「산산이 부서진 이름이여」에서는 들끓는 번뇌와 욕망의 인생, 「하얀 전쟁」에서는 인간에 대해 환멸케 하고 자기 자신에 대해 저주하게 하는 저 흉악한 지배 계급과 상처의 역사, 「헐리우드 키드의 생애」에서는 프레임의 외부 공간을 감싸고 있는 거대한 실존의 어둠 따위가 그것이다.

성스러운 세계를 꿈꾸지만 세속의 늪은 그들의 전신을 휘둘러 감싸고 있고, 그들의 인생은 욕망과 절망의 언저리에서 서성인다. 이곳이 아닌 저곳, 지금의 내가 아닌 다른 나, 그리고 이들말고 또 다른 무엇을 바라지만 그 바람은 쉽사리 이루어지지 않고 언제나 주인공들의 삶과 저만치 떨어져 존재한다. 그러나 떨어져 있으면 있을수록 그들의 갈망은 그들의 인생을 채찍질한다. 그들이 서 있는 세계와 그들이 마음 속에 품고 있는 또 한 세계의 길항, 이 세계와 개인간의 불화는 등장인물들로 하여금 상실감에 몸 떨게 한다. 정지영은 몸이 울리는 이곳에 시선을 고정한다. 그는 그 공간에 놓여 있는 인물들의 몇 겹의 흔들림에 주목한다. 무릎으로 설원을 기어가는 이태 '들'의 혈흔(「남부군」), 심산의 골짝에서 웅크리고 있는 침해의 갈등(「산산이 부서진 이름이여」), 베트남 열대 밀림의 악귀 같은 기억으로 쇠락해가는 한기주와 변진수의 일상(「하얀 전쟁」), 할리우드가 안겨준 환영에 생을 침잠시킨 임병석의 저 구부정한 인생(「헐리우드 키드의 생애」), 이 흔들림을 우리는 '불화의 세계를 통과하는 낭만적 영혼의 동요'라 불러도 좋으리라. 정지영은 동요하는 인물의 추이를 그리되 리얼리즘적인 방식으로, 허나 낭만적 세계 인식에 근거한 방식, 즉 낭만적 리얼리즘으로 그려나간다. 현실 바로 위에 떠 있는 심연, 그 본원적 공간에 대한 회구, 현실과 단절된 세계이기에 더욱 환상적 성격을 지닌 이 동경과 응시의 풍경은 등장인물의 영혼의 방황으로 이어진다. 그가 작가의 궤도로 편입하면서 영화에 차용한 지침은 이 낭만적 리얼리즘이다. 이는 특히 인물의 성격화에 두드러지게 영향을 미치고 있다.

정지영의 영화가 일관된 어떤 경향을 보이는 기점으로 우리는 1987년작 「거리의 악사」와 이듬해의 「위기의 여자」를 꼽으려 한다. 정지영 작품 세계의 시기를 구분한다면 「남부군」이 그 중심축이 될 수 있겠는데, 이 두 영화는 「남부군」이전인 대략 1기의 작품에 해당하는 것으로서 그의 영화 세계가 본격적으로 발아하는 데 하나의 실마리로 기능한다. 따라서 이를 먼저 살펴본 후 그의 2기에 해당하는 작품들을 검토하고자 한다.

Ⅱ

「거리의 악사」와 「위기의 여자」는 각각 그해 흥행 베스트 10위 안에 오르는 등 대중적인 호응을 받은 작품이다. 두 영화는 모두 일정한 영화적 완성도와 장점을 지녔지만 또한 한국 영화의 오래된 폐단도 함께 지니고 있다. 물론 한국의 상업 대중 문화가 보여주는 향락성이나 퇴폐성과는 거리가 멀지만 「거리의 악사」의 경우 개연성 없이 즉흥적 우연에 기초한 인과 구조, 주제에 대한 모호한 접근과 일관되지 못한 캐릭터, 소시민적인 세계관으로의 회귀 등의 문제점을 드러내고 있다. 「위기의 여자」는 서구 현실에서 발생한 문제 의식을 직수입하여 모순의 구조가 다른 한국적 상황에 '이식'했다는 비판의 여지를 지닌다.

자아의 축과 연결된 사회적 자리라는 깊이 있는 소재를 채택했지만, 「거리의 악사」는 그 소재를 정확히 낚아채지는 못했다. 네 명의 주요 등장인물들은 생활 배경이 다양함에도 불구하고 공통적으로 지극히 보수적인 사고를 갖고 있으며 심리적인 균형 감각을 잃고 있다. 서하는 윤수의 요구에 쉽게 흔들리기도 하고, 재희 때문에 윤수와의 결혼을 포기하기도 하는 수동적인 여인이다. 재희는 윤수와 미국 유학을 떠나고 자아 실현을 위해 이혼까지 결심하지만, 막상 윤수가 이혼을 요구하자 다시 결합하길 희망한다. 윤수는 장군 출신의 아버지와 대립하여 국문학을 공부하지만 별다른 동기 없이 이내 현실에 순응하고는 부친의 회사를 맡는다. 서하의 남편 정태는 당대의 모순을 집약적으로 담보하고 있는 캐릭터이다. 항일 투쟁, 해방 후 좌우익 운동에 참여한 부친을 둔 정태는 4수 끝에 법대에 진학한다. 그뒤 정태는 베트남전에 파병되고 신문사에서 해고당하는 등 체제의 구조적 모순에 깊이 개입되지만 그 원인이나 배경은 영화의 어느 곳에도 나와 있지 않다. 그리고 그도 또한 출판사의 사장으로 조용히 현실에 안주한다.

루카치의 용어를 빌리면, 비판적 리얼리즘의 관점에서 충분히 이야깃거리가 되는 이들 '문제적 개인'의 관계는 영화에서 우연성으로만 맺어져 있다. 윤수와 재희가 열차 안에서 만나거나 서하가 정태의 가방을 두 번이나 떨어뜨려서 서로 만나게 된다는 상황은 설득력을 얻기 힘들다. 미약하나마 연출의 묘미를 느끼게 하는 대목은 다음과 같은 장면이다. 군대에서 보낸 편지가 화면 밖 소리로 읽히는 장면에서, 빠른 커팅과 함께 바스트 숏에서 클로즈업으로 이어지는 서하의 얼굴, 교차 편집되는 베트남에서의 전투 신, 이어 내래이션으로 소개되는 편지의 내용은 관객에게 충격과 긴장을 몰아주며 극적 반전의 효과를 거둔다. 하지만 이러한 부분적인 장점은 산만하게 널려 있는 삽화에 함께 묻혀버려 빛을 발하지 못한다. 이 영화를 통해 우리는 정지영이 상처받은 현실의 여러 부위에 깊은 눈길을 보내기 시작했다는 사실을 알게 된다. 그리고 「남부군」이나 「하얀 전쟁」 「헐리우드 키드의 생애」에서도 줄곧 노출되는 '빽빽하게 도열한 에피소드와 엉성하게 조직된 플롯'이라는 내러티브 골격의 문제가 이 작품에서도 드러나고 있음을 확인할 수 있다. 여러 사건과 정황들이 촘촘히 얽혀 있지만 주제를 부각시키는 데는 오히려 방해가 되도록 각 상황들이 풀어헤쳐져 있다는 문제를 정지영은 오래 전부터 안고 있는 것이다. 그는 플롯의 경제성이라는 내러티브 전략에 대해 고민할 필요가 있다.

서사 구조에서 유사한 한계를 보이고 있으나 「위기의 여자」에서는 감독의 연출력이 좀더 발전한 형태로 제시된다. 봉건적 윤리관이 지배적인 우리 사회에서 그간 양산되어온 여성 영화는 최루성 멜로드라마로 일관했다고 봐도 과언이 아니다. 육칠십년대의 영화에서 여성은 대개 현모양처나 타락한 요부, 또는 기구한 운명에 의해 전락하고 마는 연약한 인물로 표상된다. 「위기의 여자」는 눈물을 짜내던 기존의 왜곡된 여성 영화와 어느 정도 궤를 달리하는 작품이다. 수명은 행복한 가정 생활에 "20년간 푹 빠져서" 살아왔다. 남편 하국진은 유명한 내과 전문의이고 딸은 잘 자라고 있다. 안정기에 접어든 중년의 어느 날, 남편이 자신의 외도를 공개적으로 알리고 별거를 요구한다. 아내로서, 그리고 어머니로서 여성의 삶에 대해 반추해볼 것을 「위기의 여자」는 진지하게 제기한다. 그러나 글머리에서 밝힌 바와 같이 상황이 이질적이며 인물의 심리 변화가 작위성에 기인한다는 면에서 이 영화는 여성의 현실에 대해 소박한 문제 제기의 차원에 머물렀다.

주제나 의미의 측면이 아니라 공간을 중심으로 살펴보면 「위기의 여자」는 정지영을 이해하는 데 아주 중요한 단서를 제공해준다. 비록 고전적 카메라 워크에 기댔지만 이 작품에서 정지영은 공간 조형을 통해 의미를 전달하는 데 성공하게 된다. 오프닝 시퀀스에서 눈 덮인 산길이 원경으로 보이고, 카메라가 줌 이동 하면 흰 눈 위에 누워 있는 하국진과 안수

유리창, 창틀, 계단, 기둥, 벽에 눌리고 잘리고 막힌 수명의 공간. 견고하게 차단된 프레임 내부에서 벌어지는 혼란의 이미지.

명이 등장한다. 이때 눈의 이미지는 포근하고 신선한 것이지만 뒤에 가면 고통과 냉정함으로 변화한다. 경인미술관에서 수명이 나오는 장면부터 영화는 전반적으로 '프레임 안의 프레임'으로 구성되어 있다. 마치 액자를 보는 듯한 이러한 미장센은 안수명의 생활과 심리를 암시해준다. 수명이 집에 돌아왔을 때 카메라는 집 안이 아닌 집 바깥에서 창문을 통해 수명을 잡는다. 갇힌 듯한 공간을 연출하며 카메라는 다시 실내를 보여준다. 수명의 바스트 숏 너머 하국진이 풀 숏으로 보인다. 양 벽과 열린 방문, 열린 장롱은 정확히 3중의 프레임을 이루어놓는다. 그녀의 공간은 닫힌 공간이다. 긴 복도와 벽, 방문과 액자, 병풍과 장롱 등이 그녀의 주위를 차단한다. 반면에 하국진의 주위는 상대적으로 개방되어 있다. 동창회 시퀀스는 직사각형의 긴 복도와 양 벽에 장식된 실내 공간으로 수직적 구조의 답답함을 연출한다. 수명이 화랑 친구를 만나는 다방 시퀀스와 미장원, 엘리베이터 장면은 열린 듯하지만 기본적으로 동일한 폐쇄 공간이다. 호텔 라운지에서 수명과 남편이 대화를 나누는 시퀀스는 객관적 시점을 앞뒤에 배치하였고, 이때 둘의 공간은 평면적으로 처리된다. 수명의 고립감은 바로 다음 컷에서 광각 렌즈를 이용, 침대한 귀퉁이에 웅크리고 있는 그녀의 롱 숏으로 드러난다. 결말에서 수명은 복도를 지나 사면이 막힌 방, 그 어두운 공간안으로 삼켜지듯이 천천히 걸어 들어간다. 서구적 상황이 원형 그대로 접목되어 우리 감성에 정확하게 일치하지는 않는다는 점이 아쉬움을 남기지만, 정지영은 이 작품을 시발로 공간을 중심으로 한 열림과 닫힘의 미장센을 개척하는 한편, 대립된 두 세계 안에 던져져 있는 인물, 그리고 그가 내뿜는 열망 또는 절망의 파동에 눈길을 고정시킨다.

Ⅲ

「남부군」이 제작될 당시 국제적으로는 현실 사회주의의 붕괴라는 세계사적 사건이 발생했고, 국내적으로는 정부의 북방 정책 및 사회주의 국가에 대한 개방화 정책 등이 있었다. 이러한 시대 조류를 탔다고 하더라도 빨치산을 소재로 한 소설 『남부군』이 영화화된 것은 역사적으로 의미를 갖는 사건이다. 국책으로 장려되기까지 한 반공 영화들은 그 동안 '공산당의 만행' 과 '북한의 실상' 을 천편일률적인 내용으로 줄기차게 그려왔다. 이런 사실을 돌이켜본다면 한국 전쟁 발발 이후 1952년 봄까지 지리산을 거점으로 활동한 빨치산을 객관적인 관점에서 조명하고자 한 영화 「남부군」은 냉전 이데올로기를 깬 초유의 영화가 된 셈이다. 그러나 「남부군」은 많은 영화사적 의의, 성과와 함께 많은 문제를 지닌 '기념비' 가 되었다. 그 아쉬움의 태반은 투쟁의 주체와 대상이 가려져버렸다는 데 있다. 많은 사람들이 산으로 올라가 빨치산이 될 수밖에 없는 시대적 정황과 이념적 배경이 영화에서는 거세된 것이다. 영화 속의 빨치산들은 느닷없이 짐을 꾸리게 되었거나(이태) 처절한 당대의 삶과는 거리가 먼 이상론적 동경에 따라 행동하고(김영), 또 애인과 같이 동행했거나(흰나리) 감상적인 기분에 의해(박민자) 입산한 것으로 설정되어 있다. 이는 지리산이라는 공간에서 벌어지는 빨치산의 목숨을 건 투쟁이 동기 없는 행위로만 비치게 만드는 결정적인 요인이 된다. 그들이 투쟁하는 대상 또한 불분명하다. 이태나 김영은 누구와 싸우고 있는가? "우리의 적은 추위와 굶주림, 그리고 쏟아지는 잠이다"라는 이태의 진술은 극한 상황에 처한 인간 본연의 모습을 드러내준다는 면에서는 의미있는 진술이지만, 그것이 생존의 비참함만을 강조하고 동시대 저항 세력의 삶과 투쟁의 원인과 과정을 무시한다는 면에서는 왜곡된 진술로 기능한다. 이 같은 현상은 서술 주체인 이태의 입장에서 비롯한다. 이태는 입산하기 전에 보수 우익 신문의 기자였고 스스로도 고백하듯이 "감상에 젖은 소인텔리"이다. 영화가 진행될수록 이태를 중심으로 사건이 이어지면서 그의 회의적이고 감상적인 색채가 영화를 지배한다. 더불어 많은 에피소드들이 적확한 인과율 없이 평면적으로 나열되어 영화의 구심력을 흐트러뜨리고 있다.

「남부군」에서 어떤 감동을 받는다면 그건 주로 영상의 구성력에 있다. 카메라는 화려한 테크닉보다 수평 이동으로 전경을 비추며 객관적인 시점을 지킨다. 정지영은 유장한 지리

상영 시간 내내 지리산 눈밭을 헤매는 이태. 이데올로기를 떠나, 인간 실존의 고통에 대해 말한다? 투쟁의 생에 뒤섞인 본능적·즉흥적·유아적·감상적 회고투의 서사 구조, 리얼리즘을 서서히 말려 죽이는 이 부드러운 중독성 물질.「남부군」은 비틀거리는 기념비작이다.

산의 능선과 계곡을 담아내는 데 일단 성공하였다. 환자트 사람들이 원대 복귀 하는 도중에 갈대밭을 지나치는 장면은 우리의 눈을 사로잡기에 족하다. 그러나 더 뛰어난 영상은, 예컨대 "대장 동무, 우리가 이렇게 고생하믄 이 담에 존 시상이 꼭 오것지요?"라고 묻는 전세영을 업고 이태가 나무로 뒤덮인 산과 눈길의 사선 구도 속으로 조금씩 묻혀가는 장면 이다. 이들이 언 손을 비비며 총을 드는 이유는 이 장면을 통해 은은하게 부각된다. 눈으로 치장한 지리산의 이미지와 그 안에 파묻히는 인물들의 대사는 그들이 지향하는 성스러운 세계를 우회적으로 암시한다. 그 속에서 그들은 평등했고 뜨거운 의지의 분사로 서로의 발을 녹여주었다. 하지만 그 상징의 공간 바로 곁에는 차디찬 유폐의 공간이 펼쳐져 있다. 빨치산 단원들은 눈을 감는다. 마음속에서 어떤 상이 서서히 떠오른다. 그립다. 간절하다. 그러다 눈을 뜨고 둘러보면 주위는 냉랭한 벽지(僻地)이다. 춥고 배고프고 단절되고 위태로운 현실 세계는 그들의 이념이 구상하는 신성한 세계로의 황홀한 진입을 단호히 막는다. 희망하는 세계는 고통스러운 현실의 끈질긴 구속력으로 말미암아 더욱 멀리 있어 보인다. 그러나 가로막고 멀리 있음으로써 그들의 갈망은 더 증폭된다. 삶을 지탱하는 동력이 된다. 그럼에도 꿈은 무력하다. 그건 어느 것도 변화시킬 수 없다. 단지 그런 식으로 생의 바로 위에 놓여져 있을 따름이다. 구제할 수 없는 현실적 조건을 내려다보면서, 투명하게, 즉 비극적으로. 이제 이태는 지쳤다. 황량한 설원의 중턱에서 그는 가쁘게 숨을 내쉰다. 더 이상 버틸 힘이 없어 그는 장총을 자기 턱밑에 댄다. 붕대로 친친 동여맨 엄지손가락을 방아쇠 고리에 밀어넣고 천천히 누르려는 순간, 그의 눈에 무언가가 들어온다. 저 먼데 있는 나뭇가지 끝에 작은 천조각이 매여 있는 것이다. 그 천은 생존자의 표식이다. 살아 있는 자는 따라오라는 빨치산의 표식이다. 지친 이태는 망연히 바라본다. 성과 속의 길항은 언제나 이런 식이다. 죽음을 결심한 순간에 다시 그를 사로잡는 생의 희망. 생의 미련은, 언제나 그러하듯이 바로 그가 서 있는 곳에서 몇 발자국 떨어진 곳에서 유혹처럼 나부낀다. 이태가 짐승 같은 울음을 토하면서 끝나는 이 결말은 관객의 가슴 저 밑바닥으로부터 굵은 비애감을 끌어내는 아름다운 장면이다. 욕망의 규칙을 번뜩이는 현실적 원리로 빚어낸 컷이다. 그러나 고통의 흔적만을 설원에 점점이 찍어놓은, 값싸게 남용된 영화 전체의 눈발에 묻혀 빛을 발하지 못한 컷이기도 하다.

「산산이 부서진 이름이여」의 새로움은 서사 구조에 있지 않다. 영상미, 그 중에서도 색채 미학의 독특한 발현에 있다. 영화의 내러티브는 사미승 침해와 비구니 묘혼의 사랑이라는 주플롯과 법연과 무불로 상징되는 구도의 길이라는 보조 플롯으로 구성되어 있다. 퍽 깔끔하게 다듬어진 이 작품의 주제는 승과 속의 갈등과 구도의 대상 혹은 구도의 자세에 대한 번민이지만 우리의 관심은 여기에 있지 않다. 이 영화의 문제 의식은 사실 문제를 제기하는 방식과 더불어 과거의 것이다. 신이나 진리에 대한 인식이 인간의 내면에 자리했던 그 옛날부터 되풀이 제기되었던 상투적 물음의 연장선 위에 이 문제 제기는 얹혀 있다. 그러나 영화의 영상은 클리셰 *Klischee*가 되어버린 낡은 주제를 보듬으며 영화의 분위기를 산뜻하고도 일정한 품위를 유지하도록 이끈다. 그러한 미덕은 주로 프레임의 인물 구도와 칼라에 의해서 이루어지고 있다. 법연과 침해, 법연과 묘혼의 구도는 몇몇 예외를 제외하고는 전반에 걸쳐 L자형 직각 앵글이나 시선 방향의 괴리 또는 등을 맞대는 대립적 각도로 연출되었다. 영화의 초반부에서 침해가 법연의 어깨를 주무르는 장면은 직각으로 배치된 인물 구도의 좋은 예이고, 이후 둘이 제각각 참선하고 공부하는 장면은 등을 돌린 대립 구도의 좋은 예이다. 무불이 침해 앞에 나타나는 장면은 함축적이다. 프레임 왼쪽에 클로즈업된 침해는 화면 오른편을 바라본다. 그 곁에 화면에 등을 돌리고 원경으로 잡힌 법연의 작은 체구가 보인다. 한 프레임 안에 인물의 크기가 극단적으로 대비돼 있다. 이때 멀리서 사찰문을 열어제치는 호방한 무불의 목소리가 들린다. 마치 침해에게 구원의 손길, 구원의 음성이 내리는 것처럼 처리된 이 숏은 이후에 벌어질 사건을 서술 형태가 아니라 농축된 영상 언어로 암시한다.

한국 영화에서 보기 드문 색채의 미학적 운용을 정지영은 「산산이 부서진 이름이여」에서 단아하게 축조하고 있다. 붉은색과 푸른색, 노란색이 주조를 이루는 이 영화의 색깔은 채도와 명도의 조절을 통해 무수한 변화를 보이며 다양한 분위기를 묘사한다. 붉은색은 묘혼과 침해의 대화 장면이나 구도를 향한 정진 등에서 자주 쓰이며 열정과 사랑을 뜻한다. 침해가 산을 헤매거나 헤매다 지쳐 넘어질 때와 같은 혼란이나 금기, 절망적 상황은 푸른색이 지배한다. 침해가 사찰 앞에 쓰러져 있을 때에는 붉은색에서 노란색으로 톤이 변한다. 노란색은 붉은색의 하위 개념으로 종속되어 사용되는데 화해나 만남의 따뜻한 속성이 있다. 백색은 복잡한 이미지와 상반된 감정을 전해주는 색이다. 무불의 공간인 동굴은 초의 백색과 촛불의 붉음, 프레임 위에 덮여 있는 푸르름과 벽쪽 얼음 기둥의 커다란 흰빛으로 복합적 이미지를 구성한다. 무불은 거대한 얼음 기둥을 깨뜨리지만 얼음 한 가운데 다시 고이는 물의 흰빛에 가까운 무색은 쉽게 소멸하지 않을 번뇌를 가리킨다. 흰색의 속성은 눈[雪]에서 특히 그 투명한 이중성을 드러내는데, 이는 순수와 화합, 혼돈과 모순의 이미지를 함께 부여안는 기능을 하고 있다. 성과 속, 부처와 욕망 혹은 숭고한 깨달음의 세계와 고뇌와 욕정이 교접한 세속의 세계는 법연을 감싸고 있는 황혼의 화조와 무불을 감싸고 있는 이 흰빛의 대비로 형상화한다. 침해는 흰색의 스크린 안에 뛰어듦으로써 무불의 내면 공간에 동참한다. 길항하는 두 세계 사이에서 부랑하는 침해의 심리적 갈등은 한 공간의 색채에 개입하는 이와 같은 방식으로 표출되고 있다. 결말은 무불의 풍장을 통한 보시, 손가락을 절단한 묘혼의 면벽 정진, 침해의 파계, 즉 환속이다. 그건 무불이 마침내 도통했다거나, 묘혼이 법연이 추구한 선의 세계에 귀의했고, 침해가 속세에 몸을 맡겼다는 단순한 도식의 대단원으로만 비치지

감독의 기획력이 시대 흐름만을 발빠르게 좇는다고 시비할 수도 있겠지만, '빨갱이'와 '베트콩'을 다시 보려는 작업은 우리 영화계 현실에서 여전히 용기와 인내를 필요로 하는 일이다.

않는다. 산사를 벗어나 세상을 향해 발걸음을 옮기는 침해를, 감독은 푸르스름한 잿빛 색상에 웨이스트 숏으로 담음으로써 세상을 다른 의미에서 그가 추구해야 할 성스러운 대상으로 만든다. 또 입적을 앞둔 법연이 묘혼에게 나신을 요구하고, 무불이 경박하게 대꾸한 다음 남몰래 고행의 수련을 하는 데서 알 수 있듯이 성과 속은 세계에 혼재되어 있는 것으로 그려진다.

「하얀 전쟁」은 일종의 역사적 통과 제의라는 점에서 「남부군」과 유사한 의미를 갖는 듯하지만, 우리 역사에 새겨진 끔

찍한 상흔의 골과 그 체험의 절실함을 과장 없이 내비쳤다는 점에서 「남부군」보다 진일보한 반성적 성찰을 가져온 작품이다. 영화의 기본 동력은 상실과 치유의 미학이다. 한기주와 변진수가 상실한 것은 자신의 청춘, 개인의 존엄성, 가족 관계, 귀속 집단 등 인간으로서 누려야 할 소박한 일상과 사회적 관계의 망이다. 잃어버린 것을 복원코자 하는 마음은 치유의 꿈으로 이어진다. 그러나 영화는 숨바꼭질하듯 치유의 길을 가리면서, 밀림처럼 혼란하게 진행된다. 상실의 근원은 베트남 전쟁이다. 한기주 병장과 변진수 일병은 거기서 민간인 사살 사건과 동료의 죽음을 겪는다. 그러나 그들이 체험한 상처와 고통의 본질은 인간에 대한 신뢰와 자기 자신의 인간성 상실이다. 일차적으로 민간인을 죽이게 된 것은 상관의 강요에, 부대원이 몰살하게 된 것은 군 지휘부와 정부의 추악한 전술에 원인이 있다. 그래서 처음에 한기주와 변진수는 그들을 저주한다. 그러나 서로를 믿지 못하게 강제된 현실의 벽 앞에 그들은 좌절한다. 차츰 하나둘씩 침묵의 카르텔을 형성하고 어두운 세월에 침윤된다. 한기주의 무기력과 변진수의 정신분열은 이 점에 연유한다. 강요에 못 이겨 동료를 죽이고 강요된 현실에 못 이겨 침묵을 택한, 바로 그 자신 스스로를 견뎌내지 못하게 된 것이다. 피해자이면서 가해자가 된 이 양가적인 내면 경험과 일말의 변화도 보이지 않는 외부적 현실 ― TV에 전두환이 등장한 것은 사회에 아무런 변화가 없다는 사실을 강력하게 시사한다 ― 은 상실된 자아를 치유하려는 복원의 길을 차단한다. 상처는 흉한 외상과 함께 그냥 남을 뿐이다. 그 상처는 두 병사의 원죄 의식이다. 그건 꼬리를 물고 순환된다. "그때 나는 떳떳하게 저항하지 못했다"는 절망감은 "그들이 내 삶을 망쳐놓았다"는 표면적인 발언과 "나에게도 책임이 있다"는 고통스런 내면의 소리로 두 주인공을 압박한다. 더러운 세계에 맞서 싸우면서 싸움의 주체는 자신도 모르는 사이 더러운 흙탕물을 쓰게 된다. 이를 씻을 길이 있을까.

한기주의 꿈은 소설 쓰기이다. 원죄에 대한 거부와 수락의 이중 심리는 소설을 써야겠다고 결심하는 계기도 되고, 포기하려는 자아의 근원적 배경이 되기도 한다. 그러므로 한기주의 소설 쓰기는 시대의 부채와 다른 한편으로 변화 없는 현실에 대한 문제 제기의 상징적 의미를 지닌다. 변진수의 꿈은 이와 달리 권총으로 자살하는 것이다. 그러나 이 꿈이 그를 폐인으로 만든 것은 아니다. 오히려 꿈은 그에게 최종 결과로서의 선택이다. 베트남 정글에서의 경험은 그에게 '양심의 가시'로 존재하며 이 가시를 뽑아버리기 위해 그는 자기 가슴을 카메라 앞에 연 것이다. 헬리콥터를 타고 다니는 지휘관과 그의 배후에 있는 미국은 이러한 현실의 원초적 원인 제공자이지만 이들의 반성은 보이지 않는다. 페퍼포그가 자욱한 데모의 거리 한복판에서 변진수는 어디로 도망가야 할지, 어느 편에 가담해야 할지 몰라 괴로워한다. 그 고통을 끝내주는 한기주의 사살 장면은 다양한 담론과 해석을 허용하는 대단원인데, 이는 변진수로 상징되는 방황하는 피해자/가해자의 '원죄'라는 굴레를 벗겨주는 의미일 수도 있고, 한기주가 자기의 분신을 쏘아 거듭 나는 혹은 거듭 죽는 것일 수도 있다. 그러고 난 뒤에야 이제 비로소 좋은 소설을 쓸 수 있을 것 같다고 한기주는 변진수 곁에 누워 고백한다. 그 고백은 중요하다. 한기주와 변진수는 영화 속에서 마음을 열고 만나지 못한다. 서로의 고뇌를 교통시키지 못한다. 결말에 이르러서야 각자 고백할 따름인 것이다. 서로 다른 코드로. 「하얀 전쟁」은 대립과 의사 불통의 한 극점을 보여주는 영화다. 사회 구성원 하나하나가 격리된 채 살아야 하고 환부를 드러내지 못하고 서로 은폐시켜야 하는 구조 속에서 내부의 상처는 더욱 확장되어 마침내 심장을 겨냥하게 된다. 두절된 관계, 단절된 의사 소통은 집단과 현실, 집단과 집단에서 집단과 개인, 자아와 타자, 그리고 마침내 한 개인 내면의 의식으로 심화된다. 베트남 참전으로 그들은 내면의 지옥을 경험하게 된 것이다.

「하얀 전쟁」은 「람보」나 「플래툰」처럼 미국이 일으킨 전쟁에서 미국인 스스로 피해자가 된 양 고통의 제스처를 취하는 영화와는 태도가 다르다. 베트남전을 단순히 전쟁으로 '일반화'하여 여기서 전쟁의 비인간적인 측면을 러시안 룰렛으로 극화한 「디어 헌터」와도 다르다. 「하얀 전쟁」에는 개발도상국의 독재 정권이 밀어붙인 음험한 책략이 어떻게 우리 시대의 청춘을 파괴했는지가 담백하게 드러나 있다. 그러나 한국군 참전이 갖는 현대사적 의미의 영역, 그리고 지휘관으로 상징되는 권력과 제국주의의 침탈이 외양을 달리한 채 지금도 진행되고 있다는 것까지 밝혀주지는 못하였다. 또 한국 전쟁과 베트남 파병, 1980년 봄을 이어주는 파상적인 역사의 고리가 한기주의 개인적 체험, 즉 '기브 미!'를 외치는 소년의 중첩된 이미지와 데모 장면 정도로만 연결되는데, 이는 과거와 현재 우리의 삶에 둘러쳐진 구조적인 억압의 관계를 들추기에는 역부족이다. 마지막 전투에 앞서 참호에 있는 전중대원이 병렬로 열거된 시퀀스라든가 잦은 교차 편집과 에피소드의 산발한 돌출로 내러티브가 튼실하게 엮이지 못했다는 것도 진지하게 반성할 일이다. 사회적인 주제를 영화화하는 경우일수록 감독은 노련한 솜씨를 발휘할 필요가 있다.

「헐리우드 키드의 생애」의 전체 이야기 구조는 제목 그대로 할리우드 영화광이었던 임병석의 생애를 다룬다. 그 광적인 생애에 걸맞게 영화의 모든 공간은 극장을 닮았다. 학교, 스튜디오 세트, 야외 촬영 현장, 필름 편집실, 경찰서 취조실 등은 물론이고 동네 어귀의 강가마저도 그러하다. 그 안에 퀭한 눈을 한 주인공 임병석과 윤명길이 있다.

도입부. U. I. P. 영화 직배 반대 시위에 대한 TV 뉴스를 명길이 지켜본다. 전화벨이 울리고 그가 나가면, 다음 장면은 경찰서 취조실. 영화의 주제는 이 두 시퀀스에 담겨 있다. TV에서 보도되는 영화인들의 직배 반대 투쟁은 정지영 감독이 한국 영화의 위기 현상에 대해 다시 한번 생각해볼 것을 관객에게 제안하는 의미를 지닌다. 이는 민족적 감수성의 몰락에 대한 우려이자 동시에 우리 문화와 산업 전반이 겪게 될 위기에 대한 환기이다. 위기의 배경은 할리우드 영화에서 비롯된다. 그리고 이 장면은 명길의 시점, 할리우드 영화 마니아의 어린 시절을 보냈지만 병석보다는 상대적으로 객관적인 위치에 있는 그의 시점을 통해 제시된다. 회상을 이끄는 명길의 내레이션은 이 영화가 할리우드 키드의 고백록이면서 어쩌면 병석을 매개로 하여 명길 자신이 자기를 들여다보는 체험록이 될지도 모른다는 점을 부각시킨다. 뒤에 연결되는 취조실 장면은, 어두운 색조로 구성되어 극장의 이미지를 변용하고 있다. 이를 눈여겨보자. 천장에서 쏟아지는 전구 불빛은 마치 영사기처럼 공간 중앙을 가르고, 그 밖의 주위는 캄캄하다. 그러나 이 공간의 의미는 극장과 상반된다. 극장은 꿈과 환상이 있고 오락과 유희를 주는 곳이지만, 취조실은 이 꿈의 실체를 폭로하고 환상을 깨는 곳이다. 여기서 개인의 내면과 이력은 온전히 발가벗겨지고 몽상적인 자백은 무시당한다. 취조의 대상은 병석이다. 그는 환상에 젖어 살아온 인물이다. 관객은 이제 친구 명길의 '실토'를 통해 그의 생애를 보고받는다.

명길은 유년기 때 병석을 처음 본 순간 그에게 매료되었다. 병석은 누구도 올라서지 않은 높은 절벽에 서서 주저하지 않고 스크린의 강물에 몸을 날린 아이였다. 그의 다이빙은 용기 있는 선각자의 행동으로 보였고 병석만큼 깊이, 오래 잠수하지 못한 동네 꼬마들은 그의 뒤를 따라 쭈뼛거리며 활동 사진의 물결에 뛰어든다. 병석은 친구들을 할리우드 영화 세계로 인도했고 앞장서 그 세계에 투항했다. 투항의 결과 병석의 방은 스타 사진과 영화 포스터로 넘쳐난다. 병석의 그 방은 아이들에게는 또 다른 의미의 극장이며 환상의 공간이다. 아이들은 거기서 제임스 딘, 잉그리드 버그만, 마릴린 먼로 등 수많은 스타를 만난다. 「황야의 7인」을 비롯한 무수한 영화 포스터와 스틸 사진이 빽빽하게 들어찬 방. 그곳은 작지만 영화가 있는 거대한 방이다. 때로는 명길이 방문에 구멍을 내어 병석 누나의 벗은 몸을 관음하는, 세상을 향해 몰래 난 카메라 옵스큐라의 컴컴한 공간이기도 하다.

병석의 누나는 그 꼬마들 눈앞에 실제화한 스타이다. 불나비 쇼단의 나체 쇼걸로 미 8군에 진출한 여자, 팝송 「Crazy Love」에 맞춰 춤을 추는 그녀는 아메리카에 대한 '미친 사랑'으로 기어이 미군과 결혼해 이민을 간다. 할리우드 영화에 미친 사랑을 앓는 병석은 떠나간 누나로부터 초청장이 오기만을 기다린다. 그러나 그녀는 초청장을 보내지 않는다. 명길이 그녀를 '젤소미나'라 부른 대로, 그녀는 미국의 어느 도시 아스팔트 위에 버려져 있을 터이다. 기다림에 지쳐 친구들은 떠나간다. 관객이 없는 낙원은 파산한다. 영화에 대한 아이들의 꿈은 깨진다. 그들은 장성하여 영화라는 상상계를 떠난 것이다. 군에서 제대한 명길이 병석의 집을 다시 들렀을 때 그를 기다린 것은 시네마 천국이 아닌, 영화에 관한 쓰레기가 뒹구는 폐허였다. 포스터는 찢겨져 땅에 뒹군다. 사진은 소각됐다. 이런 현실을 인정하지 않는 이는 병석뿐이다. 그는 아직도 환상 속에 사는 것이다. 이사한 집을 물어물어 찾아간 명길은 옛날 영화 포스터가 병석의 방 벽에 어지러이 붙어 있는 것을 본다. 병석은 여전히 화려하고도 몽환적인 스크린의 심연에 몸을 담그고 있다. 현실은 그로 하여금 애꾸눈의 술집 여자와 살림을 꾸리게 하지만 꿈이 있기에 병석은 개의치 않는다. 영화는 그의 인생의 희망, 아직 승부는 나지 않았다. 그는 절망하지 않는다. 그래서 「콰이 강의 다리」 주제곡을 휘파람으로 불며 틈만 나면 시나리오를 쓴다. 몸은 자랐지만, 그는 여전히 유년의 영화광이다.

감독이 말하고자 하는 바는 이것이다. 할리우드 영화에 자신의 인생을 탕진한, 젊지만 늙은 키드의 생애. 그러나 이건 비약이다. 이런 주장만으로는 왜 임병석이 그렇게 전락하게 되었는지 알 길이 없다. 할리우드 영화의 인공적인 환상에 침잠했다는 사실만으로는 그가 폐인이 된 배경의 알리바이가 성립되지 않는다. 할리우드 상업 오락 영화에 물들면 패가망신한다? 이것은 일종의 선험적인 주장이고 강변이다. 때문에 병석의 비틀린 인생을 미루어 짐작할 수는 있어도 진하게 공감하기는 어렵다. 영화는 병석의 몰락한 삶을 덥석 들이밀고서는 충무로 현장으로 이어진다.

한국 영화의 열악한 작업 환경은 병석이 조명 조수와 소품 담당으로 일하는 장면에서 드러난다. 병석이 나무를 통째로 껴안고 기차 뒤로 달려갔다가 다시 고개를 숙이고 앞으로 와서 또 나무를 세운 다음 뒤로 달음박질쳐야 하는 조악한 스튜디오 촬영 현장이 소개된다. 감독은 아마도 극장에 영사되는 허구의 영화가 아닌, 영화 이면의 현실적인 조건을 보여

전반부는 아름다운 향수 영화다. 그러나 명길이 제대한 다음부터 영화는 시네마 천국의 꿈도 아니고 충무로의 현실도 아닌, 복고도 아니고 비판도 아닌, 어정쩡한 인생 유전류의 드라마가 되어버린다.

주려 하였을 것이다. 이건 영화인의 생존 조건이기도 하다. 병석은 이를 거부한다. "「우리에게 내일은 없다」, 이게 얼마나 근사한 현실이냐"고 병석은 말한다. 그는 아직도 꿈꾸고 있다. 하지만 꿈과 현실의 대비라는 이 시퀀스의 기능은 캐릭터를 지나치게 평면화하는 부작용을 안고 있다. 병석의 어린 시절을 목격한 관객으로서는 영악했던 그 소년이 장성한 지금 이리도 헐렁한 대사를 잠꼬대마냥 늘어놓는 것에 의아해할 것이다. 환상을 사는 존재의 비극이라는 미리 설정한 결론이 설득력을 얻기 위해서는 더 '근사한 현실'이 예비되어야 한다.

병석이 20년 동안 쓴 시나리오 「가면고(假面考)」를 명길이 영화화한다는 상황은 영화의 구조상 절정에 해당하는 부분이다. 스크린에 출몰하는 무수한 배우의 마스크, 가면으로서의 페르소나를 생각하게 하는 이 제목은 더 이상 부연할 필요 없이 모든 의미를 다 드러내는 제목이다. 때문에 「가면고」를 연출한다는 그 절정의 순간에 "나도 내 자신한테 속은 거야! 모든 게 내 창작인 줄 알았어" 하고 다소 힘 빠지는 선언을 되풀이할 이유는 없다. 이상향으로 생각했던 세계, 즉 할리우드 영화가 가져다준 환상의 세계에 결국 영혼을 팔아버리게 되었다는 이 메피스토식의 메시지는 실상 할리우드가 조장하는 탁월한 허위 의식의 세계를 적절히 노출시키는 데는 무력하다. 다시 말하지만 이건 선언이다. 주장에 대한 집착이 이런 결과를 낳은 것이다. 정지영 감독은 한 시대의 풍경화를 그리는 데 뛰어난 조형미를 발휘한 것에 비해 서사에서는 동일한 시행 착오를 반복하고 있다.

IV

현실로 바로 대입되기 힘든 정신적 욕망이라는 점에서, 그리고 꿈을 이루지 못한 채 스크린에서 사라진다는 점에서 정지영 영화에 나타난 주인공들의 행적은 낭만적이다. 이러한 태도는 그들의 위상이 대개 지식인이거나 중간 계층 이상의 범주에 속한다는 사실에서도 확인된다. 흔들리는 계급적 속성은 속과 성이라 부를 만한 대결의 공간 한복판에 놓여진 이들의 방황에 힘을 더한다. 또 부모 없이, 가족도 없이 홀로 세계와 대면한다는 점이 주인공들의 공통된 처지이다. 이는 연대의 끈 없이 척박한 현실에 외따로 있게 함으로써 이들의 사회적 고립감을 강화하는 한편 자유로운 한 개인의 영화 내적 활보, 낭만적인 질주를 가능하게 하는 요소로 쓰이고 있다. 성과 속의 부단한 길항과 이 불화한 세계를 관통할 수밖에 없는 여린 영혼의 방황을 정지영은 이와 같은 장치를 통해 그린다. 그가 낭만적 리얼리즘으로 보이는 이러한 흔들리는 영혼의 세계에 집착하고 있다는 것은 대립된 두 세계 사이에 처한 인간의 떨림을 형상화하는 데 유리한 측면이기도 하지만, 때로 감성에 치우친 나머지 극의 구조를 유약하게 만드는 원인이 되기도 한다. 그 방황이 영화의 골간을 이루는 서사의 인식 체계를 쇠락하게 하지 않고, 그 감성이 영화의 의미망과 어울려 몇 겹의 층을 이룬 채 우리의 사유를 설득하고 우리의 상념을 유혹하기 위해서 그는 대중 일반의 정서와 요구를 좀더 주도면밀하게 살펴야 할 것이다. 그건 주장을 쉽게 도출하고자 하는 욕망과의 싸움이기도 하다. 그가 싸워야 할 대상은 여전히 자기 자신인 셈이다.

떠돌기, 짧은 여행의 기록

장선우론

　장선우의 영화 세계를 작가론의 형식으로 추스르기란, 고백하건대 내게 아주 버거운 작업이다. 적어도 나는 그의 작품들이 다루고 있는 세계가 일목요연한 하나의 시점으로 잡히지 않는다. 리얼리스트인가 싶으면 어느새 개인의 내면에 치중한 심리적 고뇌가 작품 밑바닥에 깔려 있고, 모더니스트인가 싶으면 현실에 깊숙이 자리한 등장인물들의 하소연이 툭툭 불거져나오고, 풍자적이다 싶을 때 문득 정색을 드러내는가 하면 상징이다 싶을 때 어느 틈에 멀찍이 물러나 앉아 세상에 대고 팔뚝을 휘두르며 육두문자를 내뱉어버린다. 어두운 변두리 골목을 걷는가 했을 때 느닷없이 쏟아지는 대로변의 햇살, 그 화려한 혼란함. 이것이 내가 그의 영화를 생각할 때마다 마음속에 떠오르는 이미지다. 요컨대 그의 영화는 한두 마디의 개념으로 명명되길 거부하고 있다. 여기까지가 그의 영화에 대하여 내가 취할 수 있는 감복이다. 그러나 그의 작품 전체를 관통할 깊고 맑은 하나의 눈을 지니지 못한 데에는 내 역량 밖의 문제도 존재한다는 점을 마저 밝혀야 할 것이다. 「세발 자전거」나 「산타클로스는 있는가」 등의 'TV 베스트 셀러 극장' 작품을 빼놓고, 또 그다지 대중들에게 알려져 있지 않은 선우완 감독과의 공동 연출작 「서울 예수」를 제쳐놓고 불과 다섯 편밖에 안 되는 그의 영화 연출작 가운데 「성공 시대」처럼 중반 이후부터 블랙 코미디의 과장된 냉정함을 벗어버리고 감상과 도식의 질퍽한 늪에 잠수한다든지, 「화엄경」처럼 속(俗)과 선(禪)의 뒤범벅을 마치 황홀한 도통인 양 전율한 표정에 담음으로써 관객을 어리둥절하게 한다든지 하는 실로 어설픈 행태를 그가 별다른 반성 없이 지속적으로 띠는 데에도 그 책임의 일단을 돌릴 수 있겠다. 게다가 나는 장선우 감독의 인간적인 면면을 작품의 형성 과정이나 해석의 관점과 함께 거론할 만큼 그에 대해서 알고 있지도 않다. 그렇다면 내가 그를 작가론으로 엮는 것은 불가능한 일인가? 어렵지만 전혀 불가능하다고 할 수는 없다. 그의 영화 세계에서 일정한 특색을 발견할 수 있다면 그건 바로 앞에서 언급한 '부유(浮游)하는 성질'일 것이다. 장선우의 개별 영화를 이루고 있는 내적인 토대라든가 모든 영화의 종횡을 받치고 있는 총체적인 구조와 의미망을 논하는 것이 지금 나에게 과다한 짐이라는 걸 인정한다면, 그리고 개별 작품이 드러내고 있는 편차의 높낮이를 구태여 지적하지 않을 수 없다면, 부족한 대로 내가 여기서 할 수 있는 일이란 그의 영화의 다양한 변모를 가능케 하는 이 '떠돌아다님'에 부지런히 시선을 고정시키는 작업이리라.

장선우는 부단히 떠돌아다닌다. 그는 한 작품을 끝낸 뒤에 그 작품의 세계에 연연해하지 않고 손쉽게 발을 뺀다. 그리고 변화한 또 다른 작품을 들고 그는 다시 관객 앞에 나타난다. 그가 보기에 세계는 수시로 변모해간다. 한 세계에 정착한다는 것은 곧 퇴행인 것처럼 그는 생각하는 듯하다. 변화하는 세계와 동일한 속도로, 더러는 더 빠른 속도로 변화하는 필모그라피, 이것이 그의 영화 세계다. 그 변화하는 세계의 외양은 그러나 질적인 변모까지 수반하지는 않는다. 장선우의 시선이 노획하고 있는 것은 이 대목이다. 매번 환골탈태의 양상을 보이되, 그는 결코 변치 않은 한국 사회의 일상, 혹은 본질적인 내적 구조에서 눈을 떼지 않고 있다: 성(性)과 환락의 자본주의로서의 「성공 시대」 「경마장 가는 길」 「너에게 나를 보낸다」; 궁핍할지언정 약하거나 추하지 않은 서민들의 인생으로서의 「우묵배미의 사랑」 「화엄경」; 그리고 80년 5월 학살의 광주를 그린 「꽃잎」. 이런 의미에서 장선우는 리얼리스트다. 그러나 그의 영화 세계는 순진한 모사나 반영의 차원에서 다소 비켜나 있다. 비틀림이 수반된 리얼리즘이라는 의미에서 그의 영화는 풍자적이다. 그가 풍자하고 있는 세계는 부정성으로 가득 찬 세계다. 억압적인 내적 질서 체계를 숱한 기호와 제스처로 위장하는 세계, 다시 말해 배면의 억압적인 구조를 가리면서 이루어지는 변화의 세계란 곧 '거짓된 표상의 세계'다: 김판촉 · 성소비 · '성공한 자는 자유롭다.' R · J · '경마장' '오만과 자비' '바지 입은 여자.' 그의 영화가 한군데 정박하지 않고 부단히 떠돌아다니는 이유, 더불어 현실을 그리되 풍자적으로 그리는 이유가 여기에 있다. 장선우는 위장된 세계를 그리지만 또 한번의 포장으로 뒤덮어놓는다: '가벼운 포르노그라피!' 이 글은 그의 영화에 펼쳐져 있는 저 휘황한 포장에 먼저 주목할 것이며 그 이면에 웅숭그리고 있는 세계의 모양새, 그리고 그것을 부유하며 포착하고 있는 장선우 영화의 징후적 의미에 대해 검토하는 것을 목적으로 한다.

Ⅱ

그의 작품 세계는 질적으로나 소재상에서 매우 다른 세계들을 다양한 형식으로 그리고 있다. 보라:「성공 시대」는 활용가치가 없으면 폐기 처분되는, 냉혹한 시장의 논리가 지배하는 자본주의 세계를 코믹한 풍자 형식으로 그렸다.「우묵배미의 사랑」은 이러지도 저러지도 못할 서민들의 인생과 애증을 리얼리즘적 방식으로 담았다.「경마장 가는 길」은 지식인 사회(지식인을 둘러싼 이 사회)의 기만적이고 비열한 대립의 모습을 역시 사실적인 수법으로, 그러나 카메라의 자유로운 주관적 시점 숏 등을 통해 드러냈다.「화엄경」은 소년 선재가 어머니와 진리를 찾아 떠나는 구도의 길을 우화적인 수법으로 나타냈다.「너에게 나를 보낸다」는 일그러진 욕망의 군상이 보여주는 절망적 세계를 섹스 코미디풍으로 표현했

자기가 도튼 걸 몰라줄까봐 안달하는 사이비 도인 식의 수선 · 수다 · 득도의 제스처가
관객인 나를 극장 밖으로 내몬다. '있다, 없다' '그렇다, 아니다' 같은 말은 아무데나
붙여놔도 어울리는 그 근사함 때문에 자꾸 써먹고 싶어지는 말인데, 남용하면 할수록
시시껄렁해지는 부작용도 갖고 있다.

다. 「꽃잎」은 80년 5월의 참화를 온몸으로 통과한 한 소녀의 미쳐버린 생을 리얼하면서도 몽환적인 독백으로 다루었다.

알레고리적 이야기 구조에서 냉정한 리얼리즘 스타일까지, 스산한 서민의 생활에서 이중적인 지식인의 태도까지 그의 영화들이 걸치고 있는 삶의 폭은 매우 넓다. 그러나 그의 영화가 갖는 부유성은 이러한 소재나 형식의 다종다양함에만 국한된 것이 아니다. 내용의 측면에서도 그의 영화에 등장하는 인물들은 짧은 여행 끝에 지금 펼쳐지고 있는 스크린의 그곳에 다다른 듯이, 그리하여 다시 짧은 여행을 시작하려는 듯이 영화 속에서 쉼없이 존재의 지느러미를 움직여댄다. 하나의 위상에 정착하지 않고 계속해서 쏘다니는 사람들, 규정되기를 거부하는 이 주인공들은 장선우의 영화에 공통적으로 등장하는 '흔들림 없는' 캐릭터들이다. 그의 영화는 이러한 인물들의 짧은 여행의 기록이다. 다양한 이 여행의 기록에서도 우리는 일관된 어떤 구심점을 발견할 수 있는데 이는 첫째, 장선우 영화의 주된 내러티브 구조가 욕망의 실현이나 욕망을 향해 줄달음질치는 과정, 또는 성취 이후에 겪게 되는 좌절의 몸짓으로 채워져 있다는 점이다. 그리고 둘째, 그 구조 안에서 숨쉬는 인물들은 영화의 첫 장면들, 그러니까 여행을 시작하는 처음의 시점으로 다시 되돌아와 대단원을 장식한다는 점이다. 출발선상으로 회귀한다는 사실이 장선우 영화의 결말이 갖는 공통점이다. 주인공들은 영화의 제한된 시간을 인생의 어느 한 순간 맞이하게 된 휴가처럼 보내기도 하고 도전과 모험이 충일한 여행으로, 또는 배신의 세월과 욕망의 나날로 보내기도 한다. 여기서 결말의 회귀가 사건·상황의 단순한 반복적 순환고리로 드러나지는 않는다. 영화의 대단원은 인물들이 처한 첫 장면의 상태와는 다소 다르게, 변화한 상태의 나선형식 회귀와 열린 구조로 처리된다. 무(無)에서 시작해 파멸로 끝나고(「성공 시대」의 김판촉), 짧았던 한 시절을 아련히 회상하며(「우묵배미의 사랑」의 배일도), 새로운 출발(「경마장 가는 길」의 R, 「화엄경」의 선재, 「너에게 나를 보낸다」의 '나'와 '바지 입은 여자')을 하거나 끝없이 소녀를 찾아 떠도는(「꽃잎」의 장씨와 '우리들') 식으로 말이다. 이 두 구심점은 욕망의 실현 혹은 욕망의 좌절을 가능하게 하는 배경 공간으로서의 외부 세계와, 이 실현과 좌절을 구현하는 욕망의 담지자로서의 인물 문제로 환원될 수 있다. 들끓는 욕망의 주인공들은 더러 배신으로, 우연으로, 또 하릴없는 생존의 문제 따위로 가득한 외부 세계에 온몸을 담그며 그 꿈의 완성과 소멸의 과정을 일종의 짧은 여행을 통해 체험하게 된다.

Ⅱ-1

「성공 시대」에서 배경 공간은 막강 그룹내의 계열사인 조미료 제조 회사 유미사와 선발 업체인 감미사 사이의 치열한 상권 쟁탈 현장이다. 유미사 판촉과에 입사한 김판촉은 획기적인 아이디어를 통해 기획실로 배치받는다. 관객은 김판촉의 활약과 함께 점차 호화로운 포장으로 쌓인 자본주의, 그 감미로운 맛의 세계로 인도된다. 카페 '성공 시대'의 마담 성소비로부터 경쟁사의 기밀을 빼내는 데 성공한 판촉은 승진에 승진을 거듭한 끝에 마침내 입사 3년 만에 이사로 발령받기에 이른다. 정상에 서는 바로 그때, 말하자면 자본주의의 환상의 맛이 절정에 이를 즈음 그의 상품가치는 고갈된다. 꿈을 이루었다고 느낀 순간 그는 기업으로부터 폐기 처분되는 것이다. 천국의 맛은 끝내 판촉에게 허용되지 않고 어두운 밤, 도로를 질주하다 명멸하는 네온 사인만이 화려한 빛을 발하는 도심의 거리에서 그는 과속으로 죽고 만다. 「성공 시대」의 배경 공간에 담겨 있는 것은 세속적 출세를 향한 끝없는 도전과 그 도정에서 펼쳐지는 숱한 배신과 사기의 풍경이다. 이 배신과 사기는 김판촉의 입사 면접 시험 장면에서부터 그의 좌천에까지 줄곧 이어지는 성공의 담론이다. 주인공 김판촉은 면접 시험관들에게, 기지로 보기에는 너무나 기만적인 '상술(商術)'을 팔고 입사한다. 그가 이사들에게 내민 건 빈주먹이다. 그의 빈손은 현란한 말의 성찬이라는 껍질을 통해 황홀한 유혹의 손길로 비친다. 술보다 더 혼미하게 하는 이 유혹의 손길 앞에 누구도 온전히 앉아 있을 수 없다. 김판촉 자신마저도 말이다. 그는 이 행위를 통해 사실상 자기 자신을 상품으로 내놓은 것이며 유미사의 이사진들은 그의 상품적 효용가치를 인정해 그를 '사들인' 것이다. 투자할 가치가 있을 때 투자하고 투자한 다음에는 그 이상의 효과를 얻으려 하며 더 이상의 이윤이 없을 때 폐기해버리는 자본의 논리에 따라 등장인물들은 기능한다. 따라서 영화 속의 인물들은 모두 소모품이다. 쓸모 없으면 버림받는 존재로 그들은 그려져 있다. 구이사의 직위 해제와 판촉의 강원도 황지 영업소장 발령은 상품으로서의 가치를 상실했을 때 일어나는 당연한 결과다. 카페 마담 성소비가 자본의 논리에 부합하지 않는 '사랑'이라는 고전적 가치에 매달릴 때, 그래서 그녀가 자신의 카페를 팔았을 때, 그리고 판촉이 이사로 승진했을 때, 판촉이 지금까지 섹스를 투자해 감미사의 기밀을 빼내었던 스파이 성소비를 미련 없이 버리는 것도 이러한 논리의 연장선상에 있는 행위다. 지배와 피지배의 대립 관계로만 이루어진 이 세계에서 한 개인의 솔직한 고백은 예를 들어 "난 점점 갈수록 힘들어. 직장이 힘들고 새끼들은 바글거리고……" 하는 어느 고참 사원의 발언처럼 약자의 무력한 패배 선언으로 들리거나, 아직도 성소비에게 투입 *input*을 통한 산출 *output*의 차액이 존재한다는 사실을 뒤늦게 깨달은 판촉이 그녀에게 결혼을 구걸할 때처럼 자본의 먹이사슬 앞에 머리를 조아리는 비굴한 모습으로만 나타날 뿐이다. 인간의 어떠한 진실된 품성도 증발하고 마는 세계, 즉 쓰레기와 같은 세계가 「성공 시대」의 배경 공간이다. 이 안에서 성공을 향해 술자리와 환락의 밀실과 판매 현장과 병원과 고층 빌딩의 사무실들을 분주하게 오가던 판촉은 영화의 절정 장면에서 이제 이 모든 배경 공간의 진정한 의미를 한눈에 조감하게 하는 장소에 다다른다. 쓰레기의 바다에 말이다. 성소비가 흘려준 정보를 믿고 거대한 쓰레기 더미를 헤집고 다니는 이 장면은 판촉·성소비·감미사 사장 아들, 그리고 이 모두를 껴안고 있는 세계가 바로 역한 냄새를 피우는 배신과 복수와 파멸의 난지도라는 사실을 드러내주고 있다.

Ⅱ-2

「성공 시대」가 물화한 자본주의 메커니즘을 알레고리적인 어법으로 그린 작품이라면 「우묵배미의 사랑」은 도농 접경 지대에 사는 변두리 인생의 애환을 사실적인 눈길로 빚어낸 작품이라 할 수 있다. 「우묵배미의 사랑」의 배경 공간은 장선우 감독이 한 잡지의 인터뷰에서 밝힌 것처럼 "소비·상업 문화에 괜스리 들떠 있고 바람나기 일보 직전의 분위기"를 지니고 있는, 도시와 농촌을 사이에 둔 서민들의 상징적인 동네, 우묵배미다. 영화 도입부에서 배일도와 그의 아내는 서둘러 이삿짐을 꾸리고는 서울 신림동을 떠난다. 난곡에 도착하기까지 그들은 서울의 번화하지만 황폐한 외관들, 이를테면 수도 서울을 점거한 듯한 미끈한 백화점과 빽빽히 밀려드는 자동차와 높고 낮은 빌딩들의 숲을 뒤로하면서 마치 쫓겨나가는 패잔병처럼 그려지고 있다. 우묵배미의 한 봉제 공장에 미싱사로 취직한 배일도는 민공례와 사랑에 빠진다. 첫 월급날 함께 교외선을 타고 여관에 간 것을 계기로 두 사람은 가까워진다. 서울 달동네에서 딴살림을 차리지만 새댁에게 들켜 이들의 밀애는 깨진다. 몇 달이 지나 공례가, 다시 다른 공장에 취직한 배일도에게 전화를 한다. 남편과 아이마저 버리고 도망 나온 여자와 네번째로 바람피우다 붙잡혀 그렁저렁 본처하고 살고 있는 남자가 다시 결합할 수 있겠는가? 공례가 이제 다시는 기다리지 말라고 눈물을 흘리며 비닐하우스를 뛰쳐 달려나가고, 이를 안타까이 바라보던 배일도도 저 멀리 지나가는 기차를 배경으로 논둑길을 지나 자신의 집으로 혼자 돌아가게 되는 결말의 이별은, 어쩌면 이 두 사람의 삶의 태도(혹은 삶을 껴안고 있는 세계의 태도)에 따른 당연한 귀결일는지 모른다.

장선우가 우묵배미를 영화의 배경으로 설정한 건 매우 시사적이다. 우묵배미는 도시가 아니며 논밭이 등장하기는 하나 전형적인 농촌도 아니며, 공장이 있기는 해도 그렇다고 노동 현장이랄 수도 없는 곳이다. 이 모두를 아우르는 주변의 터전이므로 딱히 이들과 전혀 관련이 없다고 할 수는 없으나 분명히 그 변화의 한가운데는 아닌 그런 장소다. 감독은 우회적인 방식을 택한 것이다. 요컨대 우묵배미라는 지역

유부남·유부녀의 불륜을 이렇게 따뜻하게 바라본 영화는 이제까지 없었다. 카메라는 뜨내기들의 어쩔 수 없는 샛길 사랑을 도주-추적의 시점으로 잡는다. 외곽으로 쫓겨 다니는 두 사람의 꼴은 우스꽝스러우면서도 애처롭고 스산하면서도 살갑다.

이 갖는 의미는, 농촌의 빈곤함과 도시의 화려하면서도 황폐한 이미지를 이웃하고 있는, 즉 험악한 한 시대를 떠밀리면서 살아온 서민들의 소소한 생존의 자리이며, 지난 시절 우리들 대부분이 복닥거리고서 지내왔던 유년의 고향 같은 삶의 밑자리라는 데 있다. 장선우는 이 밑자리를 들추고 싶은 것이다. 작품의 주플롯은 공례와 일도의 사랑이다. 유부남과 유부녀의 불륜이라는 다소 선정적인 제재를 장선우는 독특한 방식으로 엮고 있다. 공장에서 비닐하우스로, 비닐하우스에서 강변으로, 혹은 열차를 타고 외곽으로 나가거나 택시를 타고 또 다른 변두리로 빠지거나 종착역에서 한참을 더 걸어들어가 여관을 전전하는 식으로 풀어지는 이들의 애정 행각은 결코 추하거나 매혹적이지 않다. 오히려 안쓰럽고 애틋한 뉘앙스를 주고 있다. 이 친근하면서도 처연한 이미지는 공례가 걸핏하면 폭력을 휘두르는 남편과 다섯 살 난 아들하고 같이 살고 있다는 식의 내러티브 설정에 기인하고 있는 것만은 아니다. 앞서 밝혔듯이 이는 일차적으로 인정 어린 배경 공간에서 오는 힘이다: 허름한 봉제 공장, 값싼 미색 벽지의 여인숙, 비좁은 달동네 골목길, 눅눅한 물기가 금세라도 배어나올 것만 같은 비닐하우스. 허나 「우묵배미의 사랑」이 지니고 있는 참된 미덕은 이와 같은 단순한 '장소'의 선택에 있지 않다. 장선우는 이 공간 안에 끝없이, 참으로 영화의 초반부터 끝까지 쫓겨가고 떠밀려나가는 따라지 인물들의 인생을 심어놓고 있는 것이다. 예닐곱 평 남짓한 비좁은 봉제 공장에서 깔깔대며 실밥을 뜯는 아주머니들은 물론이고 주인공인 일도·공례·새댁 모두 다 이른바 "돈도 없고 빽도 없고 가방끈 마저 짧은" 범부(凡夫)들이다. 이들은 상황에 갇혀 있다. 그들이 처한 모든 상황에. 공장에선 재봉틀 뒤에 가려져 있고 집에선 문틀이나 사소한 집기에 눌려 있고 심지어 여인숙에서조차 하잘것없는 구도에 갇혀 있다. 그들은 출구 없는 인생들이다. 사정이 이러한데 사랑하는 사이인 공례와 일도에겐들 무슨 대책이랄 게 있겠는가. 관객은 의당 이 오갈 데 없는 남녀에게 동일시를 느낀다. 카메라는 두 사람의 밀애 과정을, 놀랍게도 추적의 시선으로 뒤쫓고 있다. 비닐하우스와 여인숙과 강변과 무수한 샛길을 남의 눈길을 피해 몰래 옮겨다니는 이 두 사람의 행적을 카메라는 종종 추적의 간주관적 시점으로 잡아, 보는 이로 하여금 금세라도 발각날 듯한 초조함과 위태로운 느낌에 휩싸이게 하고 있다. 그 시선 안에서 아무런 지반 없이 쫓겨다니는 연인들의 갈팡질팡하는, 참으로 주체할 수 없는 욕망의 어지러운 발자국을 우리는 발견하게 된다. 「성공 시대」의 부패한 욕정과는 아주 다른, 진솔한 모양새의 황톳빛 욕망들을 말이다.

II-3

「경마장 가는 길」은 80년대말 한국의 두 도시, 서울과 대

114

구가 형식적인 배경 공간이다. 이 공간에 개입한 인물은 오랫동안 프랑스 유학 생활을 마치고 지금 갓 돌아온 R과, 그와 3년 반 동안 동거하다 그보다 한 6개월에서 1년 가량 먼저 귀국한 J다. R은 공항에 도착하자마자 J와의 재회를 즐기려하나 J는 그와의 만남을 계속해서 피하려고만 한다. 대구 집에 들르고 고속버스를 타고 서울에 올라와 J를 만나고 만나서 다방과 식당과 여관을 들락거리고 다시 대구 집에 들러 부인에게 이혼할 것을 요구하고 또다시 서울에 올라와 J를 설득하고 그러다 끝내 J와 헤어져 혼자 고속버스에 몸을 싣고 어딘가로 가기까지, R은 끝없이 그녀와 잠자리를 같이하려고 애쓰고 J는 마치 도망다니듯이 그를 기피한다. 영화는 성관계를 축으로 한 실랑이의 반복으로 채워져 있다. 이 단순한 상황의 반복을 통해서 우리는 장선우가 드러내고자 하는 영화의 내밀한 배경 공간이, 곧 방금 전에 말한 '서울과 대구'의 범주를 비켜나, 그 안에 놓여 있는 평범한 일상 공간으로서의 고속도로와 다방과 식당과 여관과 집과 거리라는 사실을 알게 된다. 이 공간들은 우리 주변에 흔하게 널려 있는 익숙한 공간들이다. 그러나 장선우는 이를 '우리가 보아왔던 곳이 정말로 저런 곳이었던가?' 하는 물음을 던질 정도로 낯선 풍경으로 탈색시켜놓고 있다. 말하자면 이 공간들은 박사학위를 취득해서 돌아올 만큼 오랜 시간 동안 외국에 있다가 얼마 전에 귀국한 이의 눈으로 바라본, 이방인의 눈

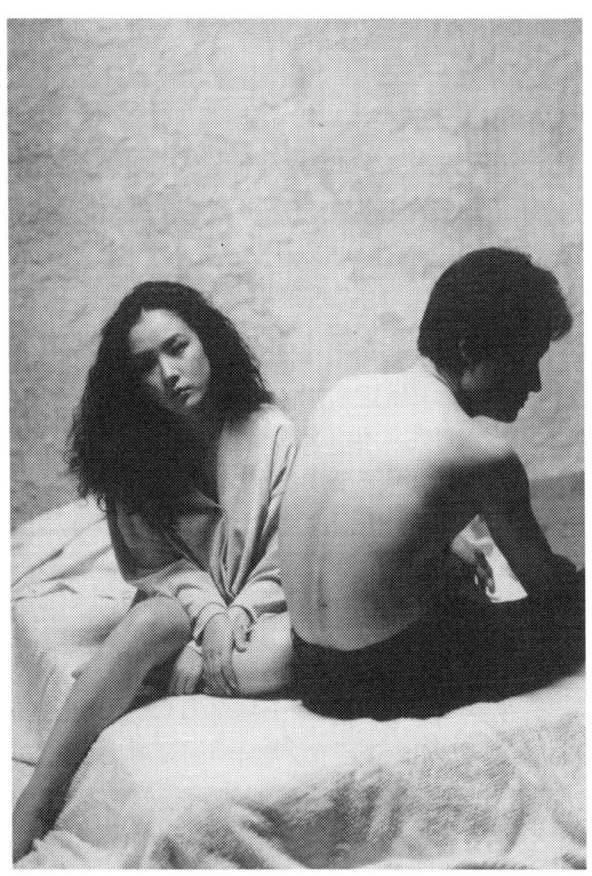

이방인의 시선으로 본 한국, 서울과 대구는 낮이 익으면서도 어느 순간 뒤돌아보
면 '엑조틱' 하다. 발전, 불화, 모순, 비합리, 인정, 몰염치, 고착, 변화 따위를 느
리게 반복해서 훑어나가는 양식은 충분히 실험적이고 논쟁적이다.

에 비친 듯한 공간들인 것이다. 두 사람의 시야에 '마구 침입해 들어오는' 서울과 대구의 풍경은 따라서 이방인의 그것처럼 낯설고 화합할 수 없는 이질의 공간으로 그려져 있다. 귀국 첫날 머무른 여관방에서 R은 자신의 전신을 비추어주는 널찍한 거울 앞에서 잠을 청한다. 이 거울은 먼 여행 끝에 고국에 돌아온 R에게 자기 정체성을 반추하게끔 하는 거울 특유의 고전적인 역할을 하고 있다. 그는 그날 잠들지 못한다. 여관 밖 거리에서는 어떤 남녀의 싸우고 욕설하는 소음이 공명판을 치듯이 울리어 들려오고, 그 밤 내내 이 소리에 노출된 채로 R은 방에 누워 허약한 자신의 몸매를 거울 앞에 반영시키고 있을 뿐이다. 누워 있는 그의 자세는 한없이 무기력해 보인다. 프랑스에서와 달리 그는 한국에서 뜻한 바대로 일을 추진해나가지 못한다. 그를 둘러싼 세계는 그의 상식 밖에 있는 세계이며 자신의 논리와 의지가 통하지 않는 세계다. 일손이 남아도는지 물 한잔 마실 때도 종업원을 시켜야 하는 식당, 어머니와 아들이 언성을 높여 싸우는 다방, 채용할 교수를 미리 내정해놓고 신문에 모집 공고만 내는 대학, 멸공 구호를 외치며 '찌라시'를 뿌려대는 정부의 반공 선전 차량들, 정영숙이 "당신 혹시 악마의 화신 아니에요?" 하며 박근형의 부정을 질책하는 낡은 신파풍의 TV 멜로드라마. 이들이 R의 환경이다(하지만 R과 J는 모르고 있다. 이 모든 환경의 중심에서 그 부정적 성격을 고스란히 체화한 채 우격다짐과 이성적 설득과 변덕과 신파의 포즈로 자신들이 스크린의 미장센을 구축하고 있다는 것을). 대구 집에서는 병든 아버지와 빚 걱정을 하는 어머니, 공장에 다니는 여동생, 자신과 헤어지려고 하지 않는 미련맞고 교활한 아내가 이제 박사가 되어 돌아온 자신을, 무언가 해줄 것이라는 기대에 찬 눈빛으로 맞이하고 있다. 실내 장면에서 그는 화면 중앙에 온전히 자리하지 못한다. 식구들에게 둘러싸여 한쪽 귀퉁이에 밀려나 있거나(심지어 아내의 부정을 폭로하는 장면에서도 R은 폐쇄된 형태로 구도화된다), 아내가 시누이 험담을 늘어놓는 잠자리 장면에서처럼 아내와 두 명의 자녀 밑에 눌린 듯이 화면 하단부에 위치해 있다. 장급 여관 '파라다이스 Paradise'도 그에겐 지옥이다. 거리 장면에서는 대부분 R이 화면의 주체로 서 있지만, 이 구도가 주위 환경에 눌렸거나 밀려나 있는 R의 실내 모습을 회복시키려는 의도에서 쓰이지는 않았다. 실외, 또는 J와 만나 이야기를 나누는 실내 장면은 주로 J와 R의 대화 내용을 통해 허위 의식으로 가득 찬 간교한 프티 부르주아 지식인과 한 이기적인 지식인의 황폐한 심성을 노골적으로 드러내는 데 쓰이고 있는 것이다. 한 예로 R이 돈 만 원을 찢어버린 뒤 8분 40초 동안 J의 차 안에서 그녀의 과거와 지금 행동에 대해 따지는 장면은, J에 대한 R의 공격적인 언사에도 불구하고, 출구 없이 갇혀 있는 그의 현재 상황을 잘 보여준다. 자신이 써준 논문으로 문학박사 학위를 받고 또

문학 평론가가 된 J마저 한국이라는 사회에서는 더 이상 이익이 되지 않는다고 판단하여 거짓말을 늘어놓으며 자신을 피하고 있다는 사실은 그를 못 견디게 만든다. 이 안에 개입해 있는 두 개의 짧은 인서트 컷은 술 취한 이들이 비틀거리거나, 사장족쯤으로 보이는 치들이 거들먹거리며 술집 여자의 배웅을 받는 것으로 이루어져 있다. 그는 안과 밖에서 은연중에 무숙자(無宿者)와 같은 이방인으로 취급된다. 그에게 세계는 지친 발걸음과 무거운 기대의 눈빛과 차가운 외면과 낯선 밤거리의 흐느적거림으로 득실대는 세계다. 그는 이용당했고 지금 버려졌다. "한 가난한 남자를 용케도 이용해왔고 용케도 능멸해"온 J로부터 말이다. 그러나 동정의 여지는 없다. 그렇다고 해서 R이 순연한 피해자인 것은 또한 아니기 때문이다. 그도 이용했고 무시했고 버렸다. 프랑스에서는 J와의 섹스를 즐겼고(아내와의 불화는 있을지언정 그는 명백한 유부남이었다) 변심한 J에게 계속해서 성관계만을 고집하며 박사학위의 대가로 3천만 원을 요구하고 J를 거리낌없이 '창녀'로 부르는 한편, 아내의 혼전 부정을 부모님께 일러바치고 두 자녀까지 버리고 다시 프랑스로 떠나려 하고 있는 것이다. 아내의 밉살스러운 모습과 J의 야비한 태도에도 불구하고 R의 이러한 행위는 R을 지성인이기는커녕 봉건적(특히 성관계 때 R이 J에게 하는 의고체 말투)이고 무책임한 파렴치한의 모습으로 보이게 한다. 즉 R은 피해자이면서 가해자이며, 이중적인 성격의 소유자다. R은 이기적이고 이중적인 자기 모순을 짊어진 채 이 같은 대립과 '불협화음'의 거리 한복판에 '가방'을 들고 서 있다. 그는 어디로 가야 할지 모른 채 네거리 앞에서 거듭 헤맨다. 경마장으로 가는 길은 네거리에서 동쪽으로 몇백 걸음, 거기서 서쪽으로 다시 몇백 걸음 가야 한다고 R의 내레이션으로 들리지만 보이는 건 '경마장' 대신, 오로지 R이 횡단보도 앞에서 왔던 길을 다시 가고 갔다가 또 돌아오는 부조리한 모습일 따름이다. "한국이란 나라가 어떤 나란 줄이나 아세요?" 하는 J의 물음은 관객에게 던진 장선우의 문제 제기일 수 있다. 이 영화에서 장선우가 제시하고 있는 건 어느 역겨운 지식인 연인(?)의 '테니스 게임'(세 개의 인서트 컷과 한 번의 화면 밖 사운드로 암시되는) 같은 성적 줄다리기의 세계이고, 또 그 줄다리기 너머로 식욕과 성욕과 소유욕과 명예욕으로 들끓는 허위 의식이 넘실대는 세계이며, 그 곁에 타인에게 모멸감을 주는 대립과 억압, 그리고 취객들의 욕지거리 같은 저녁이 어지럽게 포진해 있는 세계다. 이 황량한 세계 인식의 한 극단에 있는 작품이 「너에게 나를 보낸다」이다.

II-4

「너에게 나를 보낸다」의 주된 공간은 소설가 '나'의 집과 맥주 바, 국제여관이다. 이 사이에 드문드문 은행, 은행원의 집, 칸막이 술집, TV 스튜디오, 거리 등이 끼여든다. 핵심적인 모티프로서의 배경은 집과 방이다. 우리가 일상에서 쉽게 접하는 지극히 범상한 이 공간은 영화에서 양극단의 이미지로 제시되고 있다. '나'와 '바지 입은 여자'와 은행원이 벌이는 대화와 성(性)의 카니발은 이곳을 때로는 고해성사의 처소로 만들기도 하고 때로는 환멸스러운 아포칼립스의 소돔 성으로 둔갑시키기도 한다. 변화의 진폭은 크지만 이야기는 단순하다. 먼저 '나'——신춘문예에 소설이 당선됐으나 외국 작가의 작품을 표절한 것으로 밝혀져 당선이 취소된다. 어찌어찌하다가 모 기관원의 사주로 도색소설을 쓰다. 어느날 한 여자, '바지 입은 여자'라지만 항상 미니스커트만 입는 여자가 찾아오다. '여자'는 '나'와 동거하면서 거듭 진실한 글을 쓰라고 주문하다. 소설 쓰기를 포기하고 마침내 '여자'의 조수 겸 운전사가 되다. 다음 '바지 입은 여자'——신춘문예에 당선된 소설하고 똑같은 꿈을 꾸다. 그 소설가를 찾아가 그와 동거하다. 그에게 도색소설이 아닌, 자신의 글을 쓸 것을 요구하고, 소설가의 이모가 운영하는 여관에서 매춘을 하기도 하다. 그러다 CF 감독을 만나 야반도주하다. 덕분에 광고 모델이 되고 영화배우가 되고 텔레비전 프로그램의 MC를 맡기도 하는 등 스타가 되다. 그리고 '은행원'——발기 불능으로 고민하며 한 달에 한 번씩 헌책방을 뒤져 성병과 임포에 관한 책을 훑어보다. 바나나 껍질을 태위 실험해보기도 하다. 지폐를 잔돈으로, 잔돈을 다시 지폐로 교환해달라며 우롱하는 중년의 여자를 때려눕히지 못해 괴로워하다. 소설가의 타자기를 만지다가 소설이 아닌, 이야깃거리를 쳐 베스트 셀러 작가가 되다. 임포 현상도 자연히 치료되다.

이 세 인물의 이야기는 현대인의 꿈과 삶에 대한 이야기이면서 동시에 특정한 공간 안에서 펼쳐지는 인생유전의 이야기다. 소설가인 '나'의 방은 이 이야기의 세계로 우리를 안내하는 일종의 통로다. 방의 주인은 '나'다. 이 공간 안에 어느 날 느닷없이 「바지 입은 여자」라는 시를 쓴 치마 입은 여자가 뛰어들어와 '나'의 글쓰기 작업에 끊임없는 감시자가 된다. '여자'와의 연습용 인터뷰에서 '나'는, 문학이란 곧 "진실을 말하는" 것이며 "열쇠 구멍을 통해 다른 사람의 삶을 들여다보는" 것이라고 대답한다. 그러나 현재의 '나'는 "중학교 때부터 의붓오빠의 수음을 위해 (……)" 운운하는 '거짓된' 소설을 쓰고 있으며 타인의 삶은커녕 같이 동거하는 '여자'의 과거조차도 들여다보지 못한다. '진실'을 통해 타인의 삶을 들여다보는 것은 오히려 은행원과 '여자'다. '일급 비밀'로 지칭되는 두 사람의 자기 과거에 대한 고백은 이 소설가의 방에서 이루어진다. '나'는 이 고백의 공간/고해의 처소에 동참하지 못한다. 은행원이 자기 비밀을 털어놓을 땐 "잠깐 밖에 나갔"었고——은행원의 얘기가 끝날 때까

80년대를 향해 쏜 90년대의 지독한 독설! 냉소? 풍자? 아니면 역설의 연가? 성애에 관한 발랄한 상상력을 검열하는 권력도 역겹지만, 성 담론의 자유로운 유통이 세기말의 마지막 비상구인 양 떠벌리는 것에도 동의하고 싶지는 않다. 싸움은 매우 복잡미묘해졌다.

지도 돌아오지 않았고, '여자'가 자신의 과거를 털어놓을 땐 시골에 가서 글을 쓰고 있었다(세 사람은 영화 안에서 한공간 안에 모이는 적이 없다). '나'는 '여자'의 지나온 삶을 맥주바에서 은행원으로부터 전해들을 수 있을 뿐이다. "어떻게 너한텐 그런 얘기까지 다 했냐. 나한텐 아무 말도 하지 않았는데" 하고 괴로워하면서. 방에서의 고백은 일사천리로 흘러가는 영화의 가속도에 인식의 브레이크를 거는 역할을 한다. 그래서? 가 아니라, 예를 들면 왜 은행원은 발기 불능인가, 왜 괴로워하는가, 왜 '여자'는 저렇게 행동하는가, 그녀는 어디서 온 누구인가, 따위의 왜? 라는 물음에 대해서, 정답은 아닐지언정 이해를 위한 일말의 암시를 던져주고 있다. 관객은 이들의 독백을 통해 은행원의 고통의 발단과 '엉덩이 수난사'라 할 만한 '바지 입은 여자'의 성장 과정을 알게 된다. 소설가의 눈을 통하지 않고 그 주변인의 자발적인 고백을 통해 두 사람의 사생활과 체험의 이력을 '들여다보게' 된 것이다. '나'는 이 안에서 자기 구실을 하지 못한다. 진실한 글도 쓰지 못하고 '열쇠 구멍'이 되지도 못한다. '나'의 무능은 시퀀스를 분할해주는 암전 자막의 주체가 변화하는 것을 통해서도 표현된다. '나'의 글("그는 피학성 음란증이 있어서 〔……〕")에서 '나'의 말("그러던 어느 날 〔……〕 쇠고기를 들고 찾아왔다")로, 그리고 '바지 입은 여자'의 말("다 해결되었어. 이제 당신 글을 쓰는 거야")로 말이다. '나'는 '매개 역

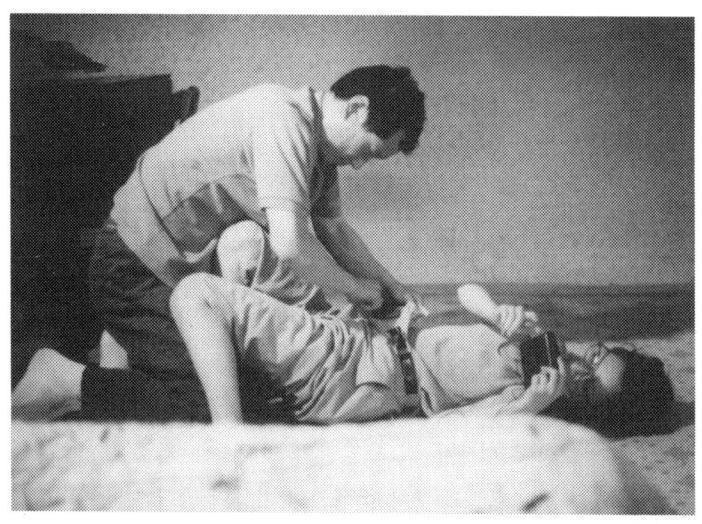

할이 되지 못한다는 걸 드러내주는 역할'을 하고 있다는 의미에서의 매개물 구실을 하고 있다. '나'는 불능이다. 이중적이면서 무능한 존재다. 소설가는 문학의 두 가지 역할 중 어느 것도 제대로 수행하지 못하는, 아니 아무것도 할 수 없는 거세 상태에 처해 있다. 이 방은 이제 진실을 담는 글, 즉 소설이 써지지 않는 공간이 되고, 이에 따라 '나'는 그 방에 있을 자격이 박탈된다. 소설가가 의미상 방에서 배제되면서 방의 구실, 방의 의미도 변화한다. '여자'도 더 이상 방이 상징하는 바, 소설가의 '고전적인' 진실론에 연연해하지 않는다. '나'와 '여자'가 한 시간 동안이나 관계를 가졌던 동침의 공간은 이제 '나'의 불능으로 원활한 성관계가 이루어지지 않는 공간이 되어버리고, '여자'는 이 방/집에서 '나'의 친구인 은행원의 임포를 치료하려고 그의 성기를 애무하기도 하고 경산문화협회 회장과 관계를 갖기도 한다. 또 회장과 관계를 가진 그날 밤 침대 속에서 '나'의 가슴을 어루만지기도 한다. '나'는 다만 피곤하다며 돌아누울 뿐이다. '여자'의 성적(性的) 대장정은 이제부터 시작이다. '나'는 타락(?)을 제어하지 못한다. 더 이상 남아 있을 이유가 없으므로, 은행원·소설가·여자 세 사람은 모두 그 방에서 떠난다. 진실의 방은 사라진다. 그러나 슬퍼할 필요는 없지 않느냐고, "괜한 수고를 끼쳐드리게 되었군요"식의 과격한(!) 농담이 오히려 진정성의 여운을 띠며 남겨져 있지 않느냐고 감독은 말하는 듯하다. '국제여관'은 그들의 새로운 처소다. 이 공간은 진실이 존재하지 않는 공간이다. '여자'는 여관방에서 손님을 맞고서도 매춘을 하지 않았다고 엉덩이를 들이밀며(오럴 섹스를 한 듯 더럽혀진 입/성기로 자신을 믿지 못하겠냐고 말하는 그녀), 은행원은 그 여관에서 "감동이나 세계관"은 없는, "신문이나 잡지 같은" 읽을 거리를 쓴다. "(문학은) 진실을 추구해야 한다"고 주장했던 '나'는 여관에서 속수무책이다. 여관방에 뒹굴면서 "제발 그러지 마! 제발!" 하고 힘없이 절규할 뿐이다. '나'는 마침내 글쓰기 욕망의 실현체인 타자기를 쓰레기통에 버린다. 이는 진실은 쓰레기통에나 있는 것이라고 선포한 것과 같다. '나'는 욕망을 버림으로써 새로운 욕망을 획득한다. '내가 사랑한 유일한 여자'를 찾아나서는 것이다. 은행원은 쓰레기통에서 타자기를 주움으로써, 앞으로 진실은 쓰레기통에서 나온다는 대항의 논리를 선포한다. 그리고 글쓰기 욕망을 실현한다. 여관은 타락과 거짓의 쓰레기통이면서 동시에 존재의 이전을 성립시키는 동기로서의 포크너식 매음굴이다. 그리고 세 사람 모두 잠시 들렀다 지나침으로써 자신을 새로운 공간으로 넘어가게 해주는 변환점이다.

역설적으로 이러한 배경 공간들은 환경이 사람을 만들 듯 존재의 성격을 반영/규정한다는 점에서 차라리 진솔한 공간이라 볼 수도 있다. 은행원은 은행에 있을 때만 잔돈 교환 창구의 수납원이다. 국제여관에 있을 때는 그는 포주이고 TV 대담 프로에 나가서는 작가다. '여자'는 여관에 있을 때는 매춘부였지만 영화 촬영 때는 배우가, TV 카메라 앞에서는 스타 MC가 되었다. 공간은 존재를 결정하고 존재는 인식을 결정한다. 그들은 공간 안에서, 공간을 통해 주체로 호명된다. 호명된 등장인물들은 이러한 공간의 구속성에 갇히기도 하고 적극적으로 하나의 공간과 싸워 새로운 공간으로 넘어가 안착하기도 한다. 잠시 되돌아보면, 공간의 구속성이 강한 곳은 맥주 바이다. 맥주 바는 남성성이 거세된 공간이다. 이 안에 유입된 인물들은 모두 불능의 이미지를 지니고 있다. 공간의 중심에는 마담(여성)이 있고 마담의 남편은 유아기적인 행태를 보인다. 은행원은 이 안에 한아름의 바나나(넘치는 성기)를 끼고 들어와 부족한 성적 기능을 보충하려 한다. 허나 그는 너무 크게 웃어제치는(성적 자신감) 바람에 빈 맥주병(또 다른 불능의 성기)에 얻어맞는다. 그에게 병을 던진 중견 회사원은 절망적인 어떤 위기 의식 혹은 상실감에 싸인 표정(거세된 성기)으로 일관하고 있다. 소설가인 '나'는 이 바에서 은행원으로부터 '바지 입은 여자'의 과거를 전해 듣기도 하고(무능한 성기), 기관원으로부터 원산 폭격(꺾인 성기) 등의 기합을 받거나 어느 날은 아예 린치(짓밟힌 성기)를 당하기도 한다. 이 과정에서 군대(남성성의 상징)도 가지 않았다는 '나'의 이력이 폭로된다(바로 다음 신에서 '나'의 금고도 폭로된다. 이로써 '나'와 '바지 입은 여자'의 관계는 역전되고 '나'는 그녀의 "밑이나 핥는" 존재로 변신한다). 이때 홀에 있는 여자들은 그의 무력함을 비웃는다. 그리고 기관원은 동성애자다. 그도 다른 손님에게 한 주먹에 나동그라진다.

하나의 공간에서 자신을 다른 공간으로 넘어가게 하는 힘은 욕망이다. 은행원의 공간은 여성들에게 둘러싸여 있다. 집에서는 어머니와 여동생에게 핀잔 아닌 핀잔을 들어야 하고 이때 카메라는 그를 정면이 아닌 측면의 구도로 담거나 옷가지 사이에 위치시켜놓고 부감으로 잡는다. 은행에서도 그는 수납 창구의 유리벽 안에 갇혀 지낸다. 언제나 그의 머리는 화면 1/2 이하의 하단부에 눌린 것같이 배치된다. 그의 욕망은 자신을 짓누르는 은행들을 몽땅 털어버리고, 비록 최후의 순간에 무수한 총구(발기한 성기)에서 쏟아져나오는 무수한 총탄 세례(정액 세례)를 받아 장렬하게 죽을지라도 「보니와 클라이드」의 보니처럼 가족도 버린 채 맹렬한 총격전(왕성한 성기들의 싸움)을 벌이는 은행 갱으로 사는 것이다. 그러나 그는 픽션을 현실로 살지 못한다, 적어도 집과 은행에서는. 은행원의 공간은 총 대신 옷걸이를 손에 들고 전쟁놀이를 할 수밖에 없는 공간이고, 그 안에서 그는 둥그런 눈을 꿈벅이며 자신을 농락하는 중년 여인의 눈치만 보고 있을 뿐이다. 그는 공간을 바꾼다. 여관으로. 여기서 타자기를 주웠다. 펜(성기)이 주어진 것이다. 이전의 다소 어리뻥뻥한 말

128

투와 표정은 펜을 휘두르고 난 뒤(총을 쏘는 듯한 타자기 소리!), 스튜디오에서 '바지 입은 여자'를 제압하는 당당함으로 변화한다. 그는 여자에게 눌려 지내온 예전의 은행원이 아니다. 이제 "펜과 함께 페니스가 벌떡 일어"선 남자이며 '바지 입은 여자'에게 조소를 날리며 스튜디오를 표표히 떠나는 베스트 셀러 작가다.

영화의 결말에서 장선우는 이 모든 공간의 이미지를 도로로 압축시켜놓고 있다. 베스트 셀러 작가가 된 은행원은 자신의 소설책을 건네주며 다 읽고 나서 쓰레기통에 버리라고 한다(그 책은 '펜/타자기/총/성기'를 '휘갈겨/두들겨/난사해' 쓴 '글/원고/책'이다. 즉 사출[射出]된 정액!). 운전사가 된 옛 소설가는 옛 은행원이 쓴 그 책을, 원작과 다르게 길 옆의 쓰레기통이 아닌, 도로에 버린다. 이때 카메라는 자동차 바퀴에 깔리는 책을 근접 촬영하고 있다. 도로는 곧 쓰레기통인 것이다. 통 안에서 그들은 쓰레기다, 라고 장선우는 말하고 있는 듯하다. 그러나 역시 원작과 다르게, 그 도로는 잠시 정체하는 듯하더니 이내 뚫리고 차량들은 천천히 속도를 올려 빠져나가기 시작한다. 쓰레기의 세계를 질주하는 건 그리 슬프지 않다고, 오히려 콧노래라도 부를 만큼 경쾌하다고 감독은 덧붙인다. 그 전언을 듣는 나의 마음은 헌데 왜 쓸쓸한가?

　장선우 영화의 중심 모티프로 이 글이 지금까지 살펴본 것
은 그가 세계와 대면하는 혹은 세계를 담는 하나의 방식으로
서의 '공간'이다. 그이의 영화에서 공간은 욕망의 거대한 뿌
리로 얽혀 있는 이 세계를 들여다보게 하는 창구이자 인물의
내면을 되비추는 반사경이다. 공간 안에 반사되어 보이는 그
들의 내면은 두 가지 양상으로 전개된다. 세계가 차려놓은
희열의 잔칫상을 만끽하거나 거기서 소외되어 허기진 배를
움켜쥐는 것. 대립의 양상은 그러나 장선우의 영화에서 뒤섞
여 양립하고 있다. 열락(悅樂)의 포만이 생존의 비탄함과 어
우러진다는 것은 분명 모순이다. 하지만 이 모순이야말로 온
전히 드러난 세계의 내면이라고 장선우는 영화를 통해 말한
다. R과 J의 파렴치한 실랑이 곁에 대구 아버지의 휘어진 허
리가 있는 세계(「경마장 가는 길」), 진실을 말해야 한다면서
도색소설이나 쓰고 있는 '나'의 방 바깥에 영계를 찾는 백회
장의 눈빛이 번들거리고 있는 세계(「너에게 나를 보낸다」), 무
차별한 폭력이 인간의 영혼을 갈가리 찢어버리는 세계(「꽃
잎」), 이 세계는 진실이 불 꺼진 세계이고 대신 부정과 불능
이 밤을 새워 불을 밝히는 세계다. 등장인물들은 이 세계의
풍경을 즐기면서 괴로워한다. 기쁨의 환희와 절망의 침묵이
공간 안에서 뒤섞여 요동칠 때마다 등장인물들은 함께 화해

와 쟁투로 몸을 뒤트는 것이다. '나'나 '바지 입은 여자,' 배
일도나 민공례, 김판촉과 성소비 같은 인물들이 희극적인 제
스처와 아울러 비극적(또는 서정적) 정조를 갖고 있는 것은
여기에 연유한다. 그것은 대립된 세계의 양쪽 모두에 그들
자신의 몸이 얹혀 있기 때문이다. 세계와 맞서거나 타협하는
것은 곧 자신의 또 다른 면과 맞서거나 타협하는 일이 되고
세계의 모순은 따라서 인물들의 모순으로 치환된다. 세계의
특질을 온전하게 껴안고 있으므로, 인물들은 이 세계의 한

자본주의의 본성을 폭로하려는 야심찬 시도. 그러나 순진하게 이분화한 발상법이 이를
무색하게 만든다. 세월이 한참 지난 다음에 봐도 다시 웃고 아파할 수 있는 코미디가
그립다.

상징으로 읽혀진다. 그 상징은 1) 그들이 자신의 이름을 감춤으로써 익명의 세계를 드러낸다는 것과, 2) 가족의 부재(不在)를 통해 귀소 본능의 터전 자체가 소멸해버린 현실을 보여준다는 의미를 지닌다.

먼저 1)을 보자. 등장인물들이 사실적인 이름 대신 우화적인 명칭이나 약어, 대명사, 직업으로 불린다는 것은 자신의 주체성을 내세우기보다 이 사회에서 차지하고 있는 명칭이나 직업의 위상 안으로 개별 자아가 숨어들어감을 암시한다. 실존의 주체로 나타나는 대신 익명을 통해 하나의 집단적인 이미지로, 그리고 이미지 안의 몰자아로 나타나는 것이다. 이것은 의당 감독의 의도이기도 하다. 「성공 시대」의 김판촉과 성소비는 대량 소비 사회의 구현체라는 특성을 그 이름에 간직하고 있다. 김판촉의 이미지는 양면적이다. 채플린이 자기의 영화에서 흔히 그러했듯, 우스꽝스러운 피에로와 독재자로 그는 표상된다. 카메라가 그의 후면을 잡을 때 간혹 흔들리는 들고 찍기 *hand held*를 사용하고 정면을 잡을 때 앙각(仰角)을 쓴 것은 암암리에 이 양면성을 표출하는 데 기여하고 있다. 특히 과열 판매 경쟁에서 부상을 당한 뒤, 출근하는 장면은 판촉의 양면성을 잘 드러낸다. 판촉은 상처 입은 뒷머리에 거대한 거즈를 붙이고 있다. 뒤에서 보자면 그는 희극 배우다. 그러나 자신을 놀려대는 사원들에게 획기적인 아이디어를 구상했다고 근엄하게 선포하는 앞모습에는 파시스트의 프로파간다 이미지가 심어져 있다. '판촉'의 명칭이 상징하는 바, 소비 사회 집행관의 얼굴이 거기에 있는 것이다.

「경마장 가는 길」의 R과 J는 익히 알려진 대로 오늘날 지식인의 한 상징도이다. 마드무아젤 김 역시 지식인임은 물론이다. 이들과 대조적으로 주변의 모든 인물들은 영아엄마, 순자, 미자처럼 제대로 된 이름을 갖고 있다. 이 지식인들이 영화에서 보여주는 욕망은 지식욕이 아니라 어이없게도 식욕·성욕·소유욕이다. 성관계를 둘러싼 갈등에서 R과 J가 나누는 대사는 그들의 정체성을 다양한 함의로 제시하는 역할을 한다. "안 하면 안 돼요?" "꼭 해야만 돼요?"(J), "안 하는 것보단 하는 게 옳다" "다 벗었느냐?"(R) 따위의 대사는 이 익명의 대표자들을 각각 변사또 / 무력한 선비 / 강간범(R)과 성춘향 / 창녀 / 처녀를 가장한 요부(J)로 보게 하는 것이다.

「너에게 나를 보낸다」의 소설가 '나'와 은행원과 '바지 입은 여자'는 끝까지 이름이 알려지지 않는다. 호칭이 바뀌기는 하나, 이는 소설가가 졸지에 '고문님(경산문화협회)'으로, 은행원이 '포주'로 불리는 식의 위상 전이에 따른 직위의 명칭에 불과하다. 감독은 이들이 현대인의 한 축도로 보여지길 바라는 것이다. 미니스커트만 입고 있는 그녀가 '바지 입은 여자'로 통하는 건, 그녀의 시(詩)를 '오만과 자비'가 오만하고도 자비롭게 해석한 데서 나타나듯이, 불만스러운 현재의 존재에서 일탈하고 싶어하는 그녀의 욕망을 드러내준다.

호칭처럼, 그녀는 끝내 욕망을 성취한다.

「꽃잎」의 인부 장씨는 당시 5월 광주의 사건을 전혀 체험하지 못한 무심한 노동자. '우리들'은 그날 그 순간 이후 지금까지 아무것도 한 일 없이, 오로지 괴로워만 할 뿐인 무기력한 지식인. 비록 정연이라는 이름을 갖고 있기는 하나 소녀는 누구도 자신의 이름을 불러줄 수 없다는 점에서 상처 입은 어린 영혼의 상징체다.

2)의 '가족의 부재'는 대다수 현대 영화에서 주요 제재로 사용하는 동기다. 장선우의 영화에서도 예외는 아닌데, 다소 특이한 방식으로 개진되고 있다. 「성공 시대」에서 상투적이기는 하지만 아예 가족이 나오지 않는 점이나 「우묵배미의 사랑」같이 단출한 식구가 등장하는 점 등을 해석하는 것도 한 방편이겠으나, 더 주목해야 할 사항은 가족이 단순한 가족 이상의 것, 즉 고향이나 자신의 과거를 보듬어줄 귀속 집단 등으로 의미의 파장을 넓히고 있다는 점이다. 고향과 과거로서의 가족은 흔히 상실감의 주조음으로 쓰인다. 헌데 초기작들과 달리 「경마장 가는 길」부터 점차 장선우 영화의 주인공들은 가족의 상실을 그다지 슬퍼하지 않는다. 이건 사회의 현실적인 변화에 대한 감독의 영화적 반응인 듯하다. 의미 구조상 「우묵배미의 사랑」의 가족과 고향은 도시 어느 변두리 동네에 있는 배일도의 부모 집이 아니라 우묵배미다. 공례를 만난 곳이 우묵배미이니 그의 고향, 가족은 우묵배미

에 묶여 있는 셈이다. 그런 포근한 공간은 이제 그에게 존재하지 않는다. 때문에 배일도는 잃어버린 공례를 아련하게 회상하는 것이다. 제대로 공부하지도 못하고 공장 생활을 해야만 하는 누이동생들, 농사일을 할 수 없는 노인이 되어버린 부모 등이 있다는 면에서「경마장 가는 길」의 가족과 고향도 상실감을 전해주기는 한다. R은 그러나 10년의 세월을 떨어져 보냈음에도 가족을 그리워하지 않는다. 그는 고향인 대구 집을 차갑게 버리고 길을 떠난다.「너에게 나를 보낸다」에 이르면 사정은 더 달라진다.「경마장 가는 길」에서 R이 여행길에 개운치 않은, 목에 무언가가 걸린 듯한 얼굴을 하고 있는 것은, J에 대한 상념 외에 고향의 이미지를 지니고 있는 마지막 장면(차창 밖, 두 아주머니를 배경으로 스쳐가는 풍경에 화들짝 놀라 무언가를 쓰는 R) 때문이었는데「너에게 나를 보낸다」의 경우에는 애당초 가족이나 고향 따윈 없어도 그만이라는 식의 태도가 미만해 있다. 귀속 집단에 대한 애수의 화조는 냉랭해지는 현실에 발맞추어 사라지는 것이다. '나' '바지 입은 여자' '은행원'은 자신의 옛모습, 자신의 가족, 상처와 고통이 배어 있는 자신의 과거가 사라져버린 현실에 대해 안타까워하지 않는다. 귀소의 본능을 자극하는 공간은 부재하고 그들은 타락한 도시와 친화를 이루는 것이다. 그렇다면, 이건 발전인가? 현실에 대한 하나의 반영임은 확실하지만, 나는 이 대목이 불편하다. 왠지 이들의 태도는 위악적

인 제스처로 보인다. 이 인물들이 느낄 법한 '버림받음을 개
의치 않는 감정' '무감각의 감각' 이랄 수 있는 이 느낌이 진
정성으로 와 닿지 않는 것이다. 이를 확인하기 위해 우리는
잠시 「너에게 나를 보낸다」를 되짚어보지 않을 수 없다.

Ⅲ-1

변신 / 신분 상승의 계기가 거의 원천에 가깝게 차단된 우
리 사회 구조에서, 사람들이 꿈꾸는 '존재의 이전' 은 영화에
서처럼 손쉽게 이루어질 수 없다. 영화를 수용하기 위해서는
따라서 원작이 기반하고 있는 상상력의 세계를 인식의 기저
로 삼아야 한다. 문제는 소설이 보여주는 활기찬 욕망의 나
래, 그리고 인물들이 상상의 종횡을 누비면서 재단하는 우리
사회의 억압 구조가 영화 매체의 사실적인 표현 질료에 어떻
게 녹아들었는가 하는 점이다. 영화는 불능의 세계에 던져진
인물들이 불능을 지렛대 삼아 자신의 욕망을 실현해나가는
과정을 그리면서, 성(性)을 축으로 하여 벌어지는 숱한 정사
신의 노출에 초점을 두고 있다. 이것은 밀실의 폭로이고 밀
실의 커튼 뒤에 감추어져 있는 타락한 사회의 음험한 욕정에
대한 폭로일 터이다. 여기서, 적어도 내가 보기에, 장선우는
묘하게도 폭로의 노출을 즐기는 듯한 인상을 주고 있다. 폭
로를 통해 누설되는 성 억압과 의지 억압의 사회에 대한 역
겨움, 혹은 공격당하는 자의 아픔보다, 감독이 폭로 자체의

상황이 가져다주는 일종의 배설과 같은 쾌감을 누리는 듯한 인상이 더 빠르게 밀려오는 것이다. 칸막이 술집 장면에서 백회장의 추악한 작태를 목격한 것이라든가 국제여관 201호실에서 나온 '바지 입은 여자'의 입술 립스틱이 마치 섹스를 끝낸 뒤의 성기처럼 벌겋게 번져 있는 것을 바라보는 건 명백히 고역이다. 허나 구토와 절규의 시간은 짧다. '나'의 방에서 벌어지는 정사나 곳곳에서 눈에 띄는 '바지 입은 여자'의 동기 없는 타락은 그 구토의 시간을 연장시키지 못한다. 방에서의 베드 신은 '유리창 뒤의 머리(상체), 열린 문 안의 몸(하체)'으로 구성됨으로써 기존의 '가려진 하체, 열려 있는 상체'의 통속적 미장센에서 벗어난 듯하지만, 셀 수 없이 많은 엿보기의 고전적인 카메라 워크와 뒤섞여 결과적으로 큰 변별성을 지니지 못하고 있다. 또 화면의 반을 문틀 등으로 차단·분할했다거나 제 기능을 잃어버린 성불구의 사물들, 말하자면 불 꺼진 금고, 불 꺼진 냉장고, 불 꺼진 은행, 불 꺼진 경산 퍼포먼스 레퍼토리 앙상블 시어터 무대 등의 상징적 도구를 이 구도 속에 삽입했다거나 예비 인터뷰가 끝나고 성관계를 갖는 장면에서 카메라가 그들의 엉킨 육체 대신 카세트와 안경에 초점을 맞추었다는 정도로 우리가 들러붙어 살고 있는 '불 꺼진 세계'의 현실이 부정되고 조롱당했다고 보기는 어렵다. 경악할 만한 현실의 한 귀퉁이에 그들은 기꺼이 동참한 것이다: 발끝부터 핥으라는 '여자'의 명령에 "안 그래도 그럴려고 했어" 하며 자발성을 보이는 '나'; 사정을 즐기는(이야깃거리를 타자로 치는) 은행원; 큰 거부 없이 '숟가락'을 빠는 바지 입은 여자. 또 다른 환멸의 무기로 중무장한 채. '나'나 은행원이나 바지 입은 여자가 억압의 구조를 자발적으로 육화하는 것은 세태의 한 단면일 수는 있어도 결코 그것의 부정이나 풍자가 되지는 못한다. 장선우는 몸 던짐 자체를 저항으로 볼지 모르나 그것은 오해다. 억압의 실체에 몸을 던져 욕망을 성취하는 건 투항이지 저항이 아니다. 환멸의 공간에 전의를 상실한 욕망의 주체를 이식함으로써 장선우는 아나키적인 나체 쇼의 순례를 행한 것이다. 감독의 여성관이 부정적이라는 사실 또한 이 순례를 부추기는 데 한몫을 하고 있다. 성소비와 여직원(「성공 시대」), 새댁(「우묵배미의 사랑」), J(「경마장 가는 길」), 바지 입은 여자(「너에게 나를 보낸다」) 등 그의 영화에 나오는 여성 주인공들은 대부분 타락한 이미지로 그려져 있다. 그나마 긍정적인 여성 캐릭터라고는 이들의 맞은편에 서서 얌전히 고개를 조아리며 수줍어하는 민공례 같은 수동적인 인물뿐이다.

나는 장선우의 활로(活路)가, 뉘엿뉘엿 지는 해거름을 배경으로 동네 사람들이 막걸리 잔을 돌릴 때, 공례가 양말 빠는 모습을 카메라가 한참 동안 들여다보고 있을 때(「우묵배미의 사랑」), R을 본 동생들이 전혀 배우 같지 않은 얼굴들을 하고서는 반가움과 쑥스러움에 멋쩍은 웃음을 띨 때, 소도시 주변의 농가에서 볼 수 있는 허름한 가재도구들을 카메라가 팬으로 훑다가 '경북능금'이라 씌어진 구체성(R의 익명성과 대조되는!)의 사과 상자까지 스치고 지나갈 때(「경마장 가는 길」), 장례식에서 예쁘장한 소녀가 꽃을 팔려고 거래를 제안할 때(「화엄경」)와 같은 장면들에 있다고 본다. 이 장면들이 의미있는 것은 비단 그들이 껴안고 있는 서정성 때문이 아니다. 사람과 역사, 사람과 사물, 사람과 사람 사이의 석화한 관계에 이들이 끼여 있음으로써 상대적으로 역동적인 장력을 발산하기 때문이다. 이 장면들은 풋풋한 서민들의 삶을 더욱 따스하게 비추며 익명의 세계를 살아가는 주인공의 쓸쓸한 기분을 더 배가하는 역할을 하고 있다. 말을 바꾸면, 환멸의 내부에 숨어 있음으로써 환멸의 풍경을 더욱 스산한 그것으로 화하게 하는 것이다. 통속의 힘이 세계의 내면을 끌어올리다니! 바르트가 『환한 방』(카메라 루시다)에서 말했듯이 어수룩한 면면들이 그의 영화에서 나를 찌르고 내게 상처 입히는 '푼크툼 *Punktum*'이다. 장선우는 생래적으로 서민들의 삶에 무한한 애정을 간직한 감독이다(그의 영화들은 상류사회를 다루지 않는다). 그러나 「너에게 나를 보낸다」에서 내 눈을 기습적으로 파고들어와 가슴에 동공을 만드는 이런 축축한 장면들을 나는 발견하지 못했다. 다만 90년대 사회 현실의 변화를 빌미로 쓰레기 같은 지배 욕망이 궁극에 승리한다는, 어이없는 쾌락의 만세 삼창만 들을 뿐이다. 그들은 아무것도 부정하지 못했다. 장선우는 모든 것을 건드렸다는 이유로 부정적 정신을 운운하지만, 나에게는 환멸만으로 이루어진 인조 공간내에서 '환멸 즐기기' 게임을 펼치며 '이게 구십년대다!' 하고 노래하는 것쯤으로 비친다. 누군가 이렇게 말할지도 모른다. 그게 바로 진정이 사라진 시대에 부치는 진혼곡이라고. 그는 착각하고 있다. 진정이 사라진 자리, 그 상처의 흔적에 영화는 욕망의 당의정을 입히며 "어때? 견딜 만하지? 보기도 좋잖아" 하고 말하고 있는 것이다. 90년대의 이 변화——더 이상 진실을 꿈꾸지 않는 사람들, 꿈꿀 수 없는 세상——에 대해 이야기하는 것은 실상 등장인물들에 불과하다. 중요한 것은 그 변화의 구도가 누구에 의해 조장되고 어디로 향하며 어떻게 이루어지고 있는가 하는 물음에 대해 감독이 귀를 기울이지 않고 있다는 사실이다. 그건 알 바 아니라고, 어쨌든 세상은 변해가는 것이고 변화의 중심에 서는 것은 즐거운 일이 아니냐고 그는 되묻는 듯하다. 그는 욕망과 금기의 경계, 폭로와 부정의 경계를 확실하게 넘어서지 못하였다. 담론의 유희를 즐기는 것과 유희를 통해 상흔에 관여하는 것의 차이도 분별하려 하지 않는다. 그 사이에서 떠돌고만 있을 뿐이다. 그리하여 「화엄경」의 실패를 다른 방식으로 되풀이하고 있는 것이다. 면밀한 분석의 장을 따로 마련하지 못해 참으로 아쉽지만, 장선우의 또 다른 장기인 '공간의 의미를 증폭시키는' 음악·사운드의 운용도

이 영화에서는 보잘것없었다. 나에게 이 영화는 뇌관이 거세된 영화, 즉 은행원의 표현을 빌려, '불 꺼진' 영화다. 결국 이 폐허 너머로 시선을 돌려야 할 사람은 우리다. '나,' 은행원, '바지 입은 여자' 가 지금까지 늘어놓은 사설은 모두 '비하인드 스토리' 일지 모른다. 그렇기 때문에 영화는 결말의 도로 장면에서부터 다시 시작해야 한다.

IV

정서적 환기력의 측면에서 장선우만큼 역량 있는 감독도 드물다. 실없고 경솔하면서도 살갑기 짝이 없는 서민들의 생활상을 그는 가히 생래의 반사 작용이라고 부를 법한 밑바닥 인생의 육체적 감성을 통해 길어올린다. 「꽃잎」의 이런 장면은 감탄할 만하다. 나무 그늘 밑, 돗자리를 깔고 몇은 교련복 차림으로 누워 『캔디』만화책을 보고, 소녀는 옆에 서서 그들 사이에 끼고 싶어하는 저 장면, 아름답다. 어린 여자아이의 수줍음과 아직 어른이 되지 못한 사내애들의 의도적인 무뚝뚝함, '오빠 친구' 라는, '친구 여동생' 이라는, 이성을 향한 막연한 설렘, 방학의 한가로움, 오후의 고즈넉함, 여름이라는 계절의 무방비성(아무렇게나 해도 여름엔 대충 지낼 만하지 않은가) 따위의 감정이 화면 밖으로 '그냥' 튀어나온다.

그러나 「꽃잎」을 이끄는 건 이런 애잔하면서도 치밀한 일상의 눈길이 아니다. 영화의 실제 동력은 1980년 5월 광주

학살의 상처다. 영화는 이를 스펙터클과 광기로 드러낸다. 크레디트 타이틀이 뜨자마자 독일 한 방송국 촬영 기사가 찍은 자료 화면이 우리를 광주의 그날로 이송한다. 트럭에 올라타 함성을 내지르는 청년, 환호하는 아낙네, 하늘을 향해 종주먹질을 하거나 구호를 외치는 시민, 천지를 울리는 굉음, 진군하는 탱크, 땅에 엎드린 사람, 구타당하는 사람들, 긴 머리를 낚아채고 그 위로 곤봉을 휘두르는 군인, 죽은 자를 질질 끌고 가는 군인들, 그리고 김추자의 청명하고 아련한 선홍빛 음성. 아마 대부분의 관객들은 착잡했거나 몹시 불편했을 것이다. 80년 5월, 기억 속에 자맥질치던 저 우주적인 만행이 16년이 흐른 지금 과거의 기억으로부터 단숨에 튕겨져나와 스크린을 채울 때, 불에 댄 자국을 만지는 듯한 느낌을 받았을 것이다. 80년대는 그런 불에 달군 날의 연속이었다고 말하면 다소 역하겠지만, 적어도 광주는 언제나 그런 느낌과 함께 우리 내면에 자리했다.

장선우 감독의 「꽃잎」은 바로 이 내면, 즉 자책과 노여움의 집단적 체험에 기대고 있다. 그 안에서 「꽃잎」은 우리의 시대적 부채 의식을 건드린다. 피하고 싶은 것들을 다시 불러내 우리와 대면시킨다. 세월에 묻어버린 원죄를 환기시킨다. 「아름다운 청년 전태일」이 그러하듯 이 점 「꽃잎」이 영화 외적으로 거둔 성과다. 그러나 동시에 「아름다운 청년 전태일」과 마찬가지로 「꽃잎」은 이 지점을 넘어서지 못했다.

자료 화면이 끝나면, 질주하는 기차의 객실 내부가 보인다. 여행객들이 지도를 들여다보고 있다. 아니 지도를 보는 척하면서 건너편에 앉은 이들의 음탕한 짓거리를 훔쳐본다. 이들이 소녀를 찾아 헤매는 '우리'다. 다음 장면에는 절뚝거리며 개울가를 걷는 장씨와 그를 졸졸 따라가는 여자아이 정연이 나온다. 장씨는 쫓아오지 말라며 아이에게 돌을 던진다. 넘어지고 상처가 나도 아이는 아랑곳없이 그를 계속 뒤따른다. 첫눈에 장씨는 무지막지한 노무자이고 아이는 미쳤다. 영화는 이 세 인물군의 짧은 여행의 기록이다.

　먼저 '우리'의 여정. 세 남자와 한 여자로 구성된 '우리'는 죽은 친구의 여동생 정연을 찾아 전국을 떠돌아다닌다. 기차역과 버스 터미널, 옥포 식당, 서천 농가, 대천 병원, 그리고 서울. '우리'는 한 달 동안 정연을 찾아다녔지만 끝내 그녀를 만나지 못한다. 다음, 인부 장씨. 느닷없이 나타나 자신을 '오빠'라 부르며 쫓아오는 여자아이와 같이 살게 된다. 때리고 내쫓아도 나가지 않는 그녀는 차츰 장씨의 생활의 일부가 된다. 그녀의 고통을 어렴풋이나마 알게 될 즈음 그녀는 사라진다. 그리고 소녀 정연. 오빠는 늑막염이 걸린 상태에서 강제 징집을 당했고 군에서 사망했다. 엄마는 80년 광주 항쟁 때 사망했다. 그날 이후 그녀는 실성한 채로 떠돌다 우연히 만난 장씨를 따라 그의 숙소에 머문다.

　여기서 영화의 초점은 소녀 정연에게 있다. 그녀는 처참한 실존적·역사적 체험의 당사자이면서 나아가 그 피해의 극한을 체현한 상징적 존재다. '가족 없이' '미쳐버린' '어린' '여자아이'이므로. 그러니 가장 무난한 선택인 듯이 보인다. 그러나 「꽃잎」의 의미론적 주인공은 기실 소녀가 아니라 장씨와 '우리'여야 한다. 이 물음에서 출발하자. 장선우는 왜 지금 5월 광주를 말한 것인가. 그때 그날 어떤 일이 있었는지 알리기 위해서? 상상도 못할 잔인한 체험을 증언하려고? 16년 전의 그 가공할 폭압을 새삼 확인하기 위해서?

짚고 넘어가자. 관객은 소녀가 상처받게 된 배경을 궁금해하지는 않는다. 광주 항쟁을 기록한 비디오테이프가 공용 버스 터미널에서 판매되는 시대에 우리가 정녕 보고 싶은 것은 그 같은 광란의 생생함이 아니다. 멍하니 혼이 빠져버린 저 가런한 소녀의 얼굴이 아니다. 3억 원을 쏟아넣어 그날 그 도시에 더 근사하게 '재생'된 스펙터클이 아니다. 부채감의 환기가 아니다.

지금 그해 5월을 거론한다면, 그 상처를 받아들인 우리의 방식, 16년 동안의 태도를 돌이켜봐야 한다. 폭압의 상처를 바라보는 우리의 의식, 그 상처와 나의 현재적 관계를 응시해야 하는 것이다. 「꽃잎」이 이 관계를 보았던가. 보았지만, 상처의 이력에만 집중했다. 물론 감독만의 책임은 아니다. 너무 오랫동안 금기시되어, 우리 영화계는 상처를 제대로 바라보는 것조차 익숙하지 않다(16년 만에 이렇게 원초적인 방식으로 5월을 말해야 하다니). 감독은 빈번한 회상으로 그녀가 겪은 끔찍한 사건을 재생하는 데 전념했다. 어미의 움켜쥔 손을 풀고 도망칠 때 소녀는 이미 금남로 위에서 죽었다. 이후 그녀의 생은, 영혼은 죽어도 육신이 죽지 못해 사는 생이었다. 그 고통의 생을 영화는 끝없이 확대·반복한다. 길 한가운데 쓰러져 실신한 회상, 트럭에서 깨어나는 회상, 야산에서 도망치는 회상, 그리고 사마귀에게 쫓기는 지루한 애니메이션과 거듭되는 광기를 통해서 완강하게 소멸해가는 불귀(不歸)의 영상을 감독은 자꾸 되살리려 한다. 그러나 이건 강조가 아니라 동어 반복이다. '어떻게 한 영혼이 산산조각 났는가'라는 전언에 대한 미련과 고착이다.

그 회상 사이에는 어김없이 다큐멘터리식으로 재연된 5월 항쟁 장면이 배치된다. 학살 장면은 영화 도입부 시퀀스의 독일 자료 화면에서 이미 충격적으로 드러났다. 그러니 그 당시 모습에 더 근사하게 보이려고 금남로를 재전시하는 것은 그다지 좋은 기획이 아니다. 이 장면에서 나 역시 분노와 더불어 80년대에 아무것도 하지 않았다는 죄책감에 부끄러웠다. 그러나 이 같은 정서적 반응, 빚진 채 살고 있다는 관객의 자책 어린 감상은 생산적이지 않다. 더욱이 대형 스크린과 스테레오 사운드가 갖는 시청각적 효과는, 특히 감상의 클라이맥스에 복종할 경우, 감정 몰입과 그것의 '일시적인' 정화로 끝나버릴 위험이 짙다. 소녀의 광기와 광란의 현장이 교차하는 무덤가 시퀀스는 그러한 회상의 절정이자 감정 몰입의 절정이다.

중요한 건 상처가 훼손되지 않은 부위에 영향을 미치는 과정이다. 이를 위해 영화의 시점은 의당 장씨와 '우리' 쪽으로 이전해야 한다. '한 영혼의 추락'에 대한 보고에서 '추락하여 산산조각난 한 영혼과 우리는 어떤 관계에 있는가'라는 물음으로. 장씨는 광주와 동떨어져 있던 남자였다. 그가 상처에 공명하고 죽음 같은 삶을 산다는 게 놀라운 변화인 것이다. 영화에서 이 변화는 허술하게 처리됐다. 휴식 시간에 인부들과의 잡담으로 광주를 알게 되고, 그녀의 고통에 공감하게 된다는 설정은 허술하고도 미약하기 짝이 없다. 무엇보다 카메라가 장씨 내면의 섬세한 변화에 주목하기에 앞서 구타·강간 등 폭행 장면을 더 강렬하게 잡은 게 문제다.

'우리'의 여행은 타자의 상처에 자신을 반추하는 여정이었다. 원작 소설에서 왜 그녀를 찾고자 했는지 '우리'가 스스로에게 묻는 대목은 가슴 깊이 음미할 만하다. "이미 가버린 친구의 누이를 찾아 위안해주려고? 그리고 그의 어머니의 죽은 혼을 안심시키려고? 그날, 그 도시, 그 이후 무언가를 했어야 했기 때문에? 그렇지 않고서는 더 이상 사는 일이 불가능했기 때문에? 우리의 미성숙한 고통을 섣불리 치유하기 위해서? 그녀의 모습에서 끔찍함의 구체적인 흔적을 찾고자 하는 자학 심리? 아니면 이미 피폐될 대로 피폐된 그녀를 보호해주겠다는 경박한 인도주의? 어딘가를 돌아다니고 있을 그녀처럼 잠을 두려워하면서 깨어 있기 위해서? 악몽을 암처럼 세포 속에 품고 그러고도 앞으로 나가기 위해서?" (최윤, 『저기 소리없이 한 점 꽃잎이 지고』, 문학과지성사, p. 287).

이 물음이 영화엔 빠졌다. '우리'의 지루한 방황기는 지식인에 대한 야유와 조롱 이상을 넘지 못했다. 죽음의 현장으로부터 16년이 흘렀고 최윤의 소설이 발표된 지 8년이 지난 오늘 그들의 방황 아닌 방황의 통속성을 부각시켜 '지식인은 개종자'라는 욕설을 하는 것은 과연 어떤 의미가 있는가. 상처가 우리 시대에 수용되는 과정을 곤혹스럽게 탐색해 들어가는 여정, 이를 카메라를 들고 다시 되밟아 들어가는 대신 감독은 비웃기를 택했다. 그리고 장씨에게는 소녀에 대한 집착을 더 부여했고, '우리'에게는 매몰차게 장씨를 대하게 했다. 이건 긍정적이면서 부정적이다. 정신적 숙주도, 육체적 거처도 없이 80년대를 떠돌던 존재들의 황폐한 방황을 더 부추겼다는 점—아직 어느 것도 해결되지 않았으므로—에서 일견 긍정적이지만, 그 부추김 가운데 멜로드라마의 위악적이고 통속적인 관례가 끼여들었다는 점—그들은 쉽게 포기하고 지나치게 냉정하므로—에서 부정적이다. 아직 소녀는, 우리는, 그리고 영화는 길 위에 있다. 그 길에서 차라리, 차라리 미쳐버리면 편할는지도 모른다. 그러나 우린 안다.

생은 그렇게 우리 맘처럼 쉬 미쳐지는 것이 아님을. 미쳐버리고 싶은, 그러나 미쳐지지 않는, 고통도 흉터도 지워지지 않고 영속하는 그런 화인 같은 상처의 시간이 마냥 일상 속으로 엉겨붙고, 이를 진저리를 치며 떼어내는 것의 반복이 생임을. 때문에 영화에서 함부로 미쳐버린다는 것은 혹은 함부로 비웃어버린다는 것은 적어도 광주에 관한 한 정직한 태도가 아니다. 그러니 영화는 그 길로 다시 되돌아가야 한다.

IV

장선우는 발언의 강도나 수위의 높낮음이 아닌, 부박한 일상의 형체로 승부를 거는 감독이다. 일상이 지니는 힘은, 진술자의 시점이 우리와 같은 세계 안에 놓여 있다는 데 있다. 같이 있어보지 않고서 구체적인 생활의 이해 관계나 정서적 갈증을 온전하게 드러내는 경우란 거의 존재하지 않는다. 같이 있는다는 건 곧 세계와 나의 관계를 거짓 없이 매개하는 생생한 직접성을 뜻한다. 그건 세계와 나를 둘러싼 주객관적 증상을 근접한 육체적 거리를 통해 파악해야 하기에 실로 몸이 고달픈 일이기도 하다. 장선우 감독은 그 고달픈 생활의 부대낌 속에서도 웃음의 끈을 놓지 않고 있다. 어떤 극한 상황에서도 그는 웃음을 유발시키려 한다. 웃음의 복권, 이것은 한국 영화계의 근엄한(경직된!) 현실에서 소중한 덕목으로 평가받아 마땅하다. 나는 정녕 이 '웃음의 복권'이, 일상이라는 자질구레하면서도 거대하고 좀스러우면서도 아름다운 액체성 결정체를 통과하여 마침내 '비극적 웃음의 복권'으로 나아가길 바란다. 현실을 밝게 살려고 애쓰는 노력의 이면에는 삶 자체의 묵직한 고통과 깊은 상처가 있게 마련이다. 만일 삶과 현실의 비통함 속에 침잠하면, 거기서 생은 끝난다. 나락에 떨어진 현실, 여기서 발을 차고 튀어오르는 순간 삶은 진정한 희열로 차오를 것이다. 떨어진 만큼, 내려간 만큼, 올라올 때의 기쁨은 크고도 가벼우므로 말이다. 이것이 웃음이라는 장치에 의해 건져올려지는 힘이다. 그러나 이때 일상을 벗어던져서는 안 된다. 웃음은 결국 일상이 일상 아닌 척 잠시 잠깐 둔갑한 것이니. 몰리에르가 자신의 희곡에서 벌였던 이 작업을 나는 장선우의 영화에서 기대한다. 여하튼 세계는 여전히 부유중이다. 세계의 움직임이 그치지 않는 한 장선우의 여행은 계속될 것이고 우리의 기록도 끝나지 않을 것이다.

차가운, 불타오르는

─────────────────────

박광수론

주제나 스타일보다 배역의 이름이 감독의 이미지를 장악하는 경우가 있다. 박광수 감독의 영화가 나에겐 그러하다. 그의 영화 세계를 상기하면 언제나 그의 영화 속 주인공들의 이름이 다른 요소를 제치고 먼저 튀어나온다. 만수, 태훈, 성민, 김철 혹은 영숙과 마리엘렌 그리고 전태일. 바로 이 땅의 고달픈 현대사를 비틀거리며 지나온 청춘의 이름, 박광수가 만들어낸 한국 청년의 페르소나들 말이다. 야만적인 폭력이 인간의 얼굴을 하고 활보하던 시대, 어떤 형태의 자존도 용납되지 못하고 빈틈없이 짓눌리던 사회, 비인칭의 관조적 자아로 살 것을 강요하던 체제의 한켠에서 모반의 뿌리를 놓치지 않으려고 안간힘 쓰던 존재들. 이들은 어느 모로 보나 박광수 감독이 우리 사회와 영화계에서 차지하는 중간자적 성격과 긴밀하게 조응한다.

박광수 감독의 세대적 위상은 하나의 분기점을 이룬다. 그의 앞세대와 뒷세대가 지니고 있는 정치적·문화적 체험은 그의 세대를 중심으로 큰 낙차를 보인다. 앞세대인 5, 60대의 연령군이 대체로 식민지—한국 전쟁—유신 정권으로 가파르게 이어지는 역사적 흐름과 폭력적인 정치 구조 아래서

생의 전반을 보냈다면, 그 아래 2, 30대는 신군부 독재하의
치열한 민주화 투쟁 경험 이후 6월 항쟁을 겪고 90년대 들어
체제 변혁에 대한 관심이 급속히 헐렁해지는(?) 구조적 재
편기에 사회 생활을 시작한 세대다. 먹고 사는 데 필요한 일
차적 생존 여건에 급급해했던 시대에서 정보 · 패션 · 환경 ·
여가 생활 등 문화적 욕구를 우선시하는 시대라는, 엄청난
격변의 한가운데를 살아온 세대가 박광수 또래의 30대말, 40
대 중반 세대다. 박광수는 그러니까 직접 전쟁을 겪지는 않
은 전후 세대이면서 1·4 후퇴 때 월남한 아버지를 두어 분단
에 관해서 남다른 경험을 갖게 된 자이고, 전후 도시 산업화
현상이 고개를 들 무렵 성장해 70년대 유신 군부 독재가 절
정에 달할 즈음부터 80년대초 신군부의 전율할 만한 통치기
까지를 청년으로 산 자이다. 막 도래한 영상의 첫 세례를 받
고 자라난 흑백 TV 세대이면서 특수하게 고안된 영상으로
버추얼 리얼리티를 즐길 수 있는 시대에 갓 중년이 된 자이
다. 요컨대 그는 한국 현대사의 중간자이다. 이것은 개인적
으로는 불행한 이력일 수 있겠지만 변화의 전후를 작품의 자
양으로 삼을 수 있다는 점에서는 예술가로서 분명 행복한 체
험이 아닐 수 없다. 이런 중간자적 체험의 운명은 그의 영화
인생에까지 모양을 달리해 이어진다.
    임권택을 비롯한 앞세대의 많은 감독들과 달리 그가 영화
계에 입문하던 당시의 젊은이들은 영화를 생계 수단으로 택

하지 않았다. 그들은 생활을 위해서 메가폰을 드는 대신 진지한 학문적 대상이나 개인적인 표현 수단, 혹은 부가가치가 높은 오락 산업이나 예술 매체로 영화 서적을 탐독하고 영화를 토론했으며 카메라를 실험했다. 박광수는 처음부터 대학 동아리라든가 학외 모임을 통해 집단으로, 그리고 본격적으로 영화를 공부하고 고민하고 선전하기 시작한 일세대다. 그 세대의 모든 감독이 다 그런 것은 아니지만, 적어도 그는 영화라는 매체의 특성을 '의식하고' 출발했다. 그러나 다른 한편 포스트모더니즘을 표방하는 요근래 젊은 감독들처럼 CF 같은 빠른 장면 전환과 현란한 카메라 워크를 공격적으로 과시하며 가벼운 로맨틱 코미디에 몰두하는 것과는 전혀 다른 길을 걷는다. 그는 충무로의 상업적 시스템과 결별해 독립 제작 형태로 작업하고 있으며, 싱그러운 청년의 바람을 우리 극장가에 몰고 왔으면서도 결코 역사와 현실의 무게로부터 벗어나려 하지 않고 있다. 중간자라는 자기 세대의 체험과 고뇌를 인디 정신에 기반한 젊은 방식으로 영화 안에 투영하고 있다는 점에서 그는 한국 영화사에서도 시대적 분기점을 이룬다.

'탈모' '금연' '비상구' 만이 빛을 뿌리던 어두컴컴하고 퀴퀴한 공간, 낡은 구닥다리 극장에 박광수는 동시대의 생동감 넘치는 현장을 데리고 들어왔다. 80년대 우리가 가장 기쁘게 맞이한 새로운 물살은 이것이다. 70년대 이장호와 하길종이 등장하면서 몰고 왔던, 그러나 80년대 들어 충무로 청춘 연애 영화의 컨벤션과 클리셰로 굳어버린 장발족, 포장마차, 통기타, 절망, 바보들의 기행을 밀쳐버리고 이 물살은 도바리치는 학생 운동가를 강원도로 보내 연탄 공장에 취직시키고, 가짜 대학생의 호언과 장기수 아들의 비애를 옥탑 위로 끌어올림으로써 변화한 시대, 변화한 청춘의 현실을 은막에 선보였다. 박광수 감독 등장 이후 우리 영화계에 주입된 변화의 소용돌이는 바로 이 동시대성과 현장성의 정착이다(이 점에서 그는 장선우 감독과 공유하는 바가 크다). 그리고 이런 미학적 지배 정서는 앞에서 박광수식 페르소나라 부른, 젊기에 순응하지 않고 방황하는 대항의 캐릭터를 통해 재현된다. 박광수 감독은 성실하면서도 고집스러운 자세로 이들의 뒤를 따른다. 현실의 구조적 모순이 쳐놓은 덫에 그들은 발목이 차이기도 하고 정면 돌파의 자세로 지배 체제의 그물을 찢고 주파하기도 한다. 무심한 척하면서도 속으로 이들을 열렬히 응원하는 박감독의 작업이 매번 성공하거나 열광적인 지지를 받은 것은 아니다. 하지만 국내 언론의 영화 관련 기사가 스타 위주에서 감독 위주로 특히 자의식을 지닌 감독 위주로 바뀌게 되고, 그래서 한국형 작가주의가 융기하게 되고, 영화가 젊은 예술이라는 사실을 새삼 확인하게 된 것은 상당 부분 그를 계기로 한다.

II

「칠수와 만수」(1988)에서 박광수는 인물들 사이의 거리에 주목한다. 공중과 지상의 표면적인 거리는 넘어설 수 없는 신분의 간극이라는 계급적 거리로 연결되고 영화는 그 거리를 끝내 넘지 못하고 좌절하는 두 인물을 남겨두고 끝난다. 사회가 규정한 위계 질서의 벽, 계급간의 단절감을 감독은 공간의 높낮이로 형태화한다. 중경이 사장된 심도, 전경과 배경의 고저를 강조하는 수직적 미장센, 부감과 앙각의 카메라 앵글, 이들을 통해 월담을 꿈꾸지만 현실적으로 패배하는 하층 계급 남성의 현실을 묘사한다. 장기수라는 우리 사회만의 비극적 장치가 만수의 인생에 개입해 있다는 점을 제외하면, 물론 주제 자체는 순진하다. 고대로부터 근대까지 모든 드라마의 모태가 된 평범한 구도다. 그러나 칠수와 만수의 초라한 이력서에는 서투르지만 우리 마음을 붙잡는 묘한 인력이 있다. 그건 우선 칠수 역의 박중훈과 만수 역의 안성기의 절묘한 연기 덕이 크다.

칠수는 특유의 뻔뻔함으로 극장 선배를 골탕먹인다. 연신 추근거리며 건들거린다. 진아 꽁무니를 따라다니며 입버릇처럼 '마이애미'를 노래하고 넉살좋게 만수네 집에 대충 얹혀 살면서 또 대충 하루를 때우며 지낸다. '동두천 타잔'과 미대생 사이를 오가면서 호시탐탐 만수형 호주머니를 우려

내고 머릿속엔 온통 진아와 사귈 궁리뿐이다. 천연덕스럽게 콩글리시를 읊조리며 제임스 딘의 폼과 말론 브랜도의 무게 있는 인상(특히 턱!)을 흉내내는 칠수는, 박중훈의 코믹 연기를 통해 대번에 '그렇고 그런 녀석'이 된다. 그런데 이 뺀질거리면서도 거짓투성이인 칠수의 행동거지는 영화가 진행하면서 차츰 왠지 안쓰러운 느낌을 전해준다. 이건 동정심하고는 약간 다른 감정이다. 아마도 사타구니에 손을 집어넣은 채 발가락으로 전화기를 들어올리려고 애쓰는 우스꽝스러운 장면에서 그런 미미한 슬픔이 일었는지도 모른다. 이 장면은 지저분하고 실없는 백수 이미지가 팔 할이지만 꿈도 미래도 없이 무기력하게 방구석에 처박혀진 스물두 살의 처량한 이미지도 이 할쯤 들어 있다. 박중훈의 캐리커처에 그런 구석이 있다. 허우대만 멀쩡할 뿐 돈도, 학벌도, 오갈 데도 없는 이른바 '개털'의 분위기를 그는 유감없이 보여준다. 진아와 헤어진 뒤 고층 빌딩 꼭대기에서 만수에게 "난 희망 없는 놈이에요"라고 내뱉을 때의 억양, 참으로 희망 없게 들리는 그 억양은 박중훈만의 독특한 발성법에 의지해 지금까지 보여주었던 코믹한 인상을 일거에 비애감으로 치환한다.

만수는 기운이 빠져 있다. 세상을 사는 데 자신이 없다. 그의 절망의 근저에는 27년 동안이나 옥살이를 하고 있는 장기수 아버지가 있다. 환갑을 맞아 자식들이 청원한 3일 동안의 특별 가석방마저 외면할 정도로 꼿꼿한 아버지가. 외국에 나

햄버거, 마이애미, 할리우드 스타, 광고, 소비 사회, 맞은편에 있는 하우스 보이 아버지, 양색시가 된 누나, 헤어진 가족, 우울한 귀향, 혹은 아메리칸 드림과 장기수, 허풍쟁이와 비관주의자, 공중과 지상. 극단적으로 대비되면서도 어딘가 닮아 있는 두 얼굴.

가지도 못하고 직장에 버젓이 취직도 할 수 없는 그가 생계를 위해 할 일이라고는 사투리를 써가며 이곳 저곳에 전화를 넣어 일감을 따내는 것뿐이다.

　칠수를 위해 파리 체류중인 화가인 척도 해보지만 도무지 그에겐 어울리지 않는 노릇이다. 천상 밧줄이나 타야 할 운명이다. 비관주의자가 안 될 수 없다. 만수는 체념의 독이 온몸에 퍼진 우리 시대의 희생 제물이다. 안성기는 그런 쓸쓸한 체념의 제스처를 몸에 맞는 옷처럼 입고 다닌다. 점퍼에 손을 찔러넣은 다음 고개를 약 15도 가량 숙이고 왜소한 포즈를 취하거나, 비굴하게 어깨를 움츠리고 억지로 헤헤거리다가 전화기를 내려놓음과 동시에 싸늘하게 표정이 식어버리는 그런 연기에 그는 능하다.

두 사람은 이제 쉬 어우러져 기억할 만한 공간을 연출한다. 둘이 포장마차에서 한잔 걸치고 집을 향해 가는 길에 카메라는 높이 떠 부감 익스트림 롱 숏으로 그들을 포착한다. 둘은 다리 밑을 통과한다. 교각 바로 밑에 설치된 카메라는 그들의 몸을 하염없이 작게 만들고 프레임 바깥 먼 곳에 위치한 조명은 그들의 그림자를 터무니없이 길게 만든다. 프레임 상단 전경을 차지한 교각 기둥은 그들을 내려다보는 세상만큼이나 거대하고 거만하다. 이와 비슷한 다른 장면. 어느 비 오는 날, 개조한 자전거를 타고 페달을 밟다 빗길에 미끄러져 그들은 나동그라진다. 둘뿐이다. 비 오는 포장도로에 오직 둘만이 내팽개쳐져 있다. 이 도시에서 칠수와 만수는 바닥이다.

역설적이게도 밑바닥을 기는 이들은 아찔하게 높은 공중에 매달려 페인트를 칠한다. 감독은 고공과 지상 사이에 칠수와 만수를 전시한 것이다. 두 사람은 그 사이에 대롱대롱 매달린 채로 고립되어 있다. 현기증을 일으키는 빌딩 옥탑 입간판은 그들의 처지를 알리는 상징적인 처소이다. 사실 그곳은 지상의 사람들이 다가가기엔 너무나 높다. 아니 너무 멀리 있다. 거긴 사회와 의사 소통이 전혀 이루어지지 않는 현격한 거리를 지닌 곳이다. 칠수와 만수는 다른 사람들로부터 멀찍이 떨어져 있는, 고립무원의 고독한 존재들이다. 칠수가 백화점에서 진아를 몰래 지켜보는 장면은 그의 현실을 잘 드러낸다. 말끔한 양복을 입고 진아 어머니께 인사드리는 칠수의 환상은 그의 남루한 옷차림을 보고 다가온 경비원에 의해 깨진다. 이때 칠수가 허겁지겁 도망치는 곳은 공교롭게도 위층으로 올라가는 에스컬레이터다. 그는 올라가는 사람들을 밀치면서 아래로 뛰어내려간다. 상승하려는 욕망과 이를 하강시키는 현실이 여기서 급격하게 대비된다. 그의 꿈은 언제나 이런 식으로 끝난다. 영화 도입부에서도 우린 보았다. 전자 오락실에 들어가 운전대를 잡고서, 야자수가 시원하게 그늘을 드리운 마이애미 해안도로를, 진아와 함께 고속으로 질주한다면 얼마나 좋을까 하고 상상하는 칠수. 그러나 1분도 안 되어 차는 뒤집히고 아메리칸 드림식 질주 게임은 끝난다.

칠수의 귀향 시퀀스는 영화 전체에서 가장 고즈넉한 슬픔을 남기는 장면이다. 칠수는 옛집 이층 난간에 기대어 마당을 내려다본다. 환영과 플래시 백이 모호하게 뒤섞인 상태로 슬며시 지난 시절의 우울한 가족사가 불려나온다. 양색시가 되어 커다란 가방을 들고 온 누나, 불호령을 내리는 동두천 하우스보이였던 아버지, 중학생 교복을 입고 이 광경을 지켜보는 어린 칠수의 모습이 마당 안과 이층 난간에서 펼쳐진다. 음향은 소란스럽지만 어쩐지 화면은 고요하다. 잿빛 시멘트 마당 때문인가. 뚜렷한 질감도 없이, 무언가와 구분할

최소한의 진동도 없이 화면 안의 모든 게 정지된 것만 같다. 마치 영화 맨 첫 장면에 민방위 훈련으로 동결된 거리가 나온 것과 유사하게 지금 칠수네 마당에는 텅 비어 정지된 시공간 같은 기이한 정적이 흐르고 있다. 칠수는 말없이 발밑을 내려다보고 있을 뿐이다. 돌이킬 수 없는 시간의 그늘이므로. 그러니 이건 영락없는 꿈의 시선이다. 부감과 앙각의 시선이 몇 차례 오고 가는 가운데 칠수는 꿈속에서 자신을 보는 자신이 되어간다. 꿈속에서 분명 위태로운 순간에 처해 있는 자신을 목격하지만 이를 지켜보는 또 다른 자기 자신이 도저히 어찌해볼 도리가 없을 때 그 꿈은 불쾌한 악몽이 된다. 칠수는 가난과 타락, 근심과 무력함이 교차하는 과거의 시간에 전혀 개입하지 못하고 발길을 돌린다. 모든 걸 이해하고 용서한다지만 그때 그 시간은 이미 매정하게 소멸하였다. 가족의 슬픈 붕괴만을 목격하고 돌아서야 하는 것이다. 그의 귀향은 자신의 초라한 모습을 확인하는 자리였다. 이에 비해 만수의 귀향은 그리 큰 울림을 주지 못한다. 만수의 열패감과 불만스러운 눈빛의 근원을 일러주는 정도에 그친다.

영화의 절정은 고층 빌딩 옥상 위에서 벌이는 대낮의 술주정이다. 칠수와 만수의 주정을 지상의 사람들은 자살 행위나 항의 농성쯤으로 오해하고 경찰은 그들을 포위한다. 그러나 이 대목은 영화 전체에서 씻기 힘든 오점으로 남는다. 영화는 왜 그들이 내려오지 않는지를 설득력 있게 대답해주지 않고 그냥 흘러간다. 물론 빌딩 꼭대기에서는 지상의 소리가 제대로 들리지 않는다는 점과 TV 뉴스를 통해 굴뚝에서 자살 소동이 벌어진 일이 사전에 소개된다. 진아가 약혼했고 만수 아버지가 3일 동안의 귀휴마저 거부했다는 사실도 밝혀진다. 일은 지겹고 되는 일은 없고 앞날은 막막하고 거기에 술까지 마셨으니 그들이 호기를 부릴 만한 조건은 갖춰진 것이다. 하지만 이것이 칠수와 만수가 오밤중이 되도록 광고판 위에서 내려오지 않는 결정적인 이유가 될 수는 없다. 위에 머물러야 할 더 절박하고 필연적인 사연이 마련됐어야 했다. "진아는 돈 많고 잘생기고 학벌도 좋은 남자하고 약혼했다"는 칠수의 대사는 이런 상황에서 꽤 안이하게 들린다. 그의 갈등은 처음부터 동두천의 상흔보다 대부분 진아와의 신분 차이, 자신의 보잘것없는 현실적 여건에만 국한되어 있었다. 이는 사회 구조의 희생양이 겪는 소통 불능의 파국적 상황이라는 영화의 근본 주제를 멜로드라마의 관습으로 얽어놓은 것 외에 다른 어느 것도 아니다. 그리고 패스트푸드점에서 진아가 아르바이트를 한다는 것은 칠수와의 만남을 위해 불가피하게 설정된 장치일 텐데, 계급적 차이로 인한 좌절이라는 칠수의 상황과는 잘 연결되지 않는다. 계급적 간극을 보여주기 위해 여주인공의 성격을 까탈스럽게 만드는 것도 도식적일 수 있겠지만, 진아의 캐릭터를 수수한 이미지로 처리한 것은 영화의 주제와 어긋나는 게 사실이다. 칠수에 비해 만수가 상대적으로 비중 없이 처리되었다는 점도 사회로부터 소외된 이의 고통스러운 존재감을 온전하게 밝히지 못한 다른 원인이다. 만수가 지상을 향해 투신하고 칠수가 체포되는 비통한 결말에도 불구하고 이러한 점들이 다소 개운찮은 여운을 남긴다.

Ⅲ

「그들도 우리처럼」(1990)은 영화의 배경 공간이 된 강원도 탄광촌과 극장이 들어선 대도시의 물리적 거리만큼 한국 영화의 소재를 넓힌 영화다. 당시 대학가에 이 영화는 신선한 화제를 던져주었는데, 이는 분단과 종속의 현실을 타파하고자 80년대 내내 진보적 지식인·시민·노동 계급이 몸을 던졌던, 변혁 운동이라는 시대적 대의에 제도권 영화로서는 처음으로 이 작품이 호응하고 있다는 데서 비롯한다. 탄광촌에 들어온 수배중인 운동권 인물 한태훈을 당시 북한을 불법 방문한 문익환 목사의 아들 문성근이 연기한 것도 관심을 높인 요인의 하나였다. 영화계가 그 동안 우리 사회 내부에서 가장 뜨겁게 들끓고 가장 큰 동요와 마찰을 야기한 현실을 외면한 데 대한 보상인 양 젊은 관객들은 이 영화를 둘러싸고 분분한 의견을 교환하였다.

정치적 탄압과 도바리, 기층 민중의 생산 현장은 부인할 수 없는 이 영화의 핵심 배경이다. 그러나 「그들도 우리처럼」은 사회 현실을 폭로하거나 소위 운동에 대해 발언하는 영화가 아니다. 나는 80년대라는 시대의 황량한 풍경을 밑그림으로 한 절망의 영화로 이 작품을 읽는다. 산업화의 이면 도로에까지 확장된 착취와 소외의 구조, 독점 자본의 정착기에 벌어지는 계급적 갈등의 심화, 노사 쟁의의 확산, 노골적으로 노출되는 가부장적 권위, 이를 거부하는 자식의 아버지에 대한 증오, 남성 우월적 이데올로기에 근거한 폭력, 뿌리 뽑힌 존재들의 일탈, 함부로 자행되는 인간에 대한 모멸의 언어 등 영화의 배경이 된 강원도 한 연탄 공장 주변의 정경은 80년대라는 혼돈의 시대의 초상, 바로 그것이다. 등장인물의 계급적 속성이나 신분에 따른 사회적 역할은 그래서 부차적인 문제가 된다. 대신 등장인물의 상처입은 모습과 고통스러운 반응에 먼저 반응하는 것이 영화의 기획에 근접할 수 있는 일일 것이다.

검은 화면, 울음을 참느라 가늘게 떨리는 어머니의 음성, 어두운 터널, 쿵쿵 울리는 북소리. 김기영이라는 가명을 쓰고 있는 수배자 한태훈이 크레디트 타이틀 속에서 소개된다. 그는 뿌연 분진이 풀풀 날리는 탄광촌 어귀에 내린다. '탄질 향상' '출입 금지' 팻말이 쓰러져 있는 폐광 명성광업소를 초췌한 표정으로 둘러본다. 그가 머무는 여인숙, 갓도 없는 알전구와 작은 이부자리만 남루하게 놓인 그곳은 앞에 소개

「우묵배미의 사랑」과 함께 1990년대 한국 영화계에 신선한 바람을 몰고 온 젊은 영화. 80년대의 좌절에 관한 잿빛 일기. 기영은 한번 흘낏 들여다보고, 슬그머니 빠지고, 몰래 도망친다. 그러면서도 희망을 이야기한다?

된 탄광촌의 잿빛 거리와 함께 그의 마음의 풍경을 반영한 것이다. 그는 지금 도주중이다. 그의 상처는 아마도 학생 운동에 근거한 것일 텐데 이는 영화에서 어머니와 통화하는 장면을 통해서 간접적으로 표현된다.

어머니는, 중요하다. 이 텍스트에서 핵심이 되는 외적인 서사 모티프가 '탄광촌'과 '수배자'라면, '어머니'는 서사의 지층에서 은밀히 유동하는 내재의 모티프다. 사실 어머니는 지난 시절 운동의 정서와 밀착해 있는 존재다. 특히나 운동이 대중적으로 발화하던 '80년대'와 '어머니'는 기이한 연

결고리로 묶이어 있다. 젊은이들은 어머니 몰래 출정을 하지만 전투 현장에서 부르는 노래는 어머니를 향해 바쳐지고, 잠행 도중 제일 먼저 연락하고 싶은 이는 대개 어머니이다. 그러나 박노해 시인이 간파한 대로 어머니 안에는 우리가 싸워야 할 적이 있기도 하다. 수구적 보신주의 혹은 보수주의적인 가족 이데올로기로서의 모성성이 그것이다. 한없이 그리운 존재이면서도 마침내는 극복해야 할 대상이 바로 어머니인 것이다. 이 영화에서 어머니의 의미는 전자에 고착돼 있다(이것이 영화의 성숙도와 관련 있는 것은 아니다). 자세한 내막이 알려지지 않아 단정할 수는 없지만, 언제 어느 때 전화를 걸어도 그이 혼자 받는다는 정황이나 외로운 톤을 지닌 음성, 이야기 내용 등으로 유추하건대 태훈의 어머니는 홀어머니인 듯한 인상을 준다. 물론 아닐 수도 있다. 중요한 것은 태훈이 유일하게 외부와 연결되는 수단이자 자신의 정체와 처지를 관객에게 노출시키는 방법이 어머니와의 불안한 통화뿐이라는 점이다. 어머니와의 전화 통화마저 도청된다는 상황은 패배한 지식인의 피곤한 도주와 고립감을 강화하는 방법적 표현이다. 게다가 홀어머니라면? 아픔은 더 커질 것이다. 태훈은 고독하고 지쳤다. 정치적 폭력, 학생 운동의 패퇴, 현장에서의 이탈, 경찰의 추적…… 어머니와 차단되어 있는 상황은 이런 현실의 결과이면서 또한 그의, 어깨, 발, 얼굴에 범벅이된 피곤함, 상처의 또 다른 원인이기도 하다.

영화의 서브 플롯을 이끄는 연탄 공장 부사장 성철의 야수적인 방황, 분노 역시 어머니에게서 기인한다. 그의 어머니는 아버지로부터 버림받았다. 아버지는 새 여인을 아내로 맞이했고, 성철은 부도덕한 이기주의자에다 악덕 업주인 아버지 이사장에 대항해 똑같이 부도덕한 폭력을 쓰고 망나니짓을 해댄다. 오토바이를 몰며 도로를 광폭하게 질주하고, 곳곳에서 주먹을 휘두르며 사람들과 다투는 성철의 행위 이면에는 학대받은 어머니라는 상한 마음이 있는 것이다.

태훈과 성철뿐만 아니다. 어머니의 부재는 영화의 거의 모든 인물에게 해당하는 공통 분모다. 그들에게 어머니는 목소리로만 존재하거나(태훈), 아버지와 헤어져 살다 돌아가시거나(성철), 아예 언급되지도 않는다(대식). 보이지 않는 어머니는 영화의 육신을 메마른 그것으로 만든다. 탄광촌을 휘감고 있는 저 죽음처럼 고요한 회색의 대기를 보라. 어머니라는 존재가 뜻하는 바 부드러움, 감미로움, 생명력, 둥글고 넓은 화해, 섬세한 보호 본능 따위는 거기 없다. 있는 건 거칢, 삭막함, 파괴력, 공격욕, 모난 대립, 그리고 후줄근한 작업복과 울긋불긋한 도색 잡지들이다. 여성성은 그 안에서 상처받기 십상이다. 본다방 종업원 영숙이 그 경우다. 영숙은 티켓을 끊어 생활하는 매춘 여성이다. 그녀에게선 웃음기를 찾기 힘들다. 인간적 자존을 지키려는 그녀의 의지는 번번이 뭇 남성들에 의해 꺾이고, 그리고 마지막까지 성철에 의해 좌절된다. 성철은 아버지로부터 내침을 당한 어머니를 그리워하지만, 바로 그 이유로 인해 모성적인 어떤 것에 삐딱한 태도를 보이기도 한다. 영숙을 대하는 성철의 태도가 모순된 까닭이 이것이다. 여관에 들어간 태훈이 영숙과 동침하지 않고 그냥 나오는 건 활동가의 원칙이라든가 그의 품성에 근거하는 것일 수도 있으나 여관방 TV를 통해 다시 확인된 자신의 현재 위치, 초조한 도주 상황이라는 점이 더 크게 작용한 때문일 것이다. 허나 한편으로는 어머니를 버리고 온 데 따른 확장된 심리적 상태, 가령 모성적이거나 여성적인 어떤 것을 대할 때 증폭되는 죄의식이랄까, 그러한 여린 심성에도 어느 정도는 연유하고 있는 듯하다.

어머니 혹은 모성성이 부재한 공간에서 인물들은 상대방을 적대시하고 경계하고 상처낸다. 태훈과 강형사, 태훈과 성철, 성철과 사장, 성철과 영숙, 사장과 정씨, 사장과 직원, 영숙과 대식 등의 인물들은 거의 대립적 관계를 유지하고 있다. 대립은 상대의 의지와 소망을 가로막는 태도로 이어진다. 연탄 공장에서 당분간 육체 노동을 하겠다는 태훈의 의지는 성철과의 싸움, 그리고 강형사의 추적에 의해 차단된다. 어머니를 행복하게 모시겠다는 성철의 의지는 아버지가 파괴하고, 영숙과 떠나려는 계획은 영숙이 차단한다. 탄광촌을 벗어나 태훈과 새 삶을 시작하려는 영숙의 바람은 성철에 의해 깨진다. 그들은 대립하면서 또 고립되어 있다. 관계는 언제나 일방적이다. 태훈은 일방적으로 어머니에게 전화를 걸고 어머니는 혼자 말한다. 영숙이 태훈에게 애정을 고백할 때에도 관객은 그녀의 독백만 들을 수 있을 뿐이다. 태훈이 대식의 사연을 듣는 장면에서 트럭의 엔진 소음은 두 사람의 의사 전달을 방해한다. 태훈이 후배와 포장마차에서 나누는 대화는 서로가 서로의 의견에 동의하지 않는, 아니 계속 겉돌 뿐인 대화들이다. 스크린 중앙에 놓인 포장마차의 기둥, 트럭의 유리, 공장의 기계 설비 등 온갖 구조물은 그들 사이를 시각적으로도 갈라놓는다. 관계는 언제나 어긋난다. 인물들은 던져진 사물처럼 외따로 떨어져 있다. 영화의 지배적인 톤이 건조하고 삭막해 보이는 것은 탄광촌이라는 을씨년스러운 배경과 어머니의 부재, 그리고 이처럼 관계가 단절된 인물 구도에서 비롯한다.

여기서 인물의 대결 양상은 부르주아 대 노동자나 운동가 대 노동자식의 전형성을 띠고 있지는 않다. 대립 구도가 우리 사회의 구조적 모순을 겨냥해서 마련된 장치는 아니기 때문이다. 이 구도는 상실의 느낌을 강화하려고 스케치 수준으로 구비된 구도이다. 망해가는 탄광촌과 서로를 할퀴고 팽팽하게 맞서는 인물들의 세계는 80년대라는, 속성이 다른 이물질들이 어지러이 착종한 혼돈의 연대와 썩 어울리는 풍경화다. 영화가 실패하고 있는 지점은 차라리 폐업, 위장 취업, 태업과 데모, 경찰의 수배자 추적 등 영화의 중심 사건을 사회의 구조적 모순으로 무리하게 연결시키는 것에 있다. 두드러진 예가 탄광촌에 들어오게 된 입장을 태훈이 섣부르게 불려서 언급하거나 시적인 어조로 희망을 예언하는 장면이다. 태훈이 자신을 찾아온 대학 후배와 포장마차에서 나누는 대화 ― "그렇다고 총을 거꾸로 들고 싸울 순 없잖니?" 운운 ― 나 영화 마지막 장면에 태훈이 또다시 고달픈 도주의 길에 오르며 기차 안에서 하는 독백 ― "이미 변화는 시작되었다. 〔……〕 보다 찬란한 내일을 사는 사람들은 오늘의 어둠을 희망이라 부른다" ― 은 이 영화가 궁극적으로 의도하는 바가 무엇인지 모호하게 흐리는 것 외에 다른 기능을 하지 않는다. 탄광촌 삶의 현실을 보여주려는 의욕도, 그 안에서 운동을 조직할 의향도 없는 내러티브에서 돌출하는 이런 장면들은, 유약한 운동가 태훈, 순정을 간직하려 하지만 끝내 파괴되는 영숙, 여전히 생활을 위해 일할 대식, 그리고 서서히 권리를 쟁취하기 위해 싸워나가기 시작하는 탄광촌 주민 등 열외 지대의 파편적 풍경을 '관찰'하려는 영화 전체의 방향에 큰 혼란을 가져다주고 있다.

IV

「베를린 리포트」(1991)는 미로에 관한 보고서다. 그 미로는 공간적으로는 파리에서 베를린으로 이어져 있고, 시간적으로는 독일이 통일된 시점에서 1년 전 영철이 영희의 양아버지를 살해한 시점까지 닿아 있다. 그리고 이 공간과 시간의 심연에는 분단된 한국이라는 우리의 역사가 놓여 있다. 영철과 영희가 프랑스의 다른 가정에 각각 입양돼 이후 베를린과 파리에서 나뉘어 산다는 것은 분단된 남북을 상징하는 기획이다. 영화 속의 미로는 영희의 아픈 기억을 밟다 영철의 소재지를 찾는 길로 연결되는데, 이는 곧 그들의 참담한 과거를 비춤으로써 분단의 비극적 현실을 반추하게 하는 은유이다.

기자 박성민은 미로를 따라 취재 여행을 한다. 그건 어린 시절 외국으로 입양된 오누이의 정체성을 찾아나서는 여행이면서 동시에 살인 사건을 추적하는 여행이다. 스테디 캠, 또는 어깨에 메고 찍는 카메라의 주관적 시점 숏 *p. o. v.*은 이러한 추적의 시선에 걸맞는 양식이다. 성민이 영희의 집을 찾아갈 때, 영철을 만나러 갈 때 카메라는 빈번히 자동차 운전석에 설치되어 이 시점으로 거리를 내다본다. 영희는 성민에 의해 추적당하는 자이나, 회상의 형식을 빌려 성민이 추적하는 살인 사건의 배경을 재구성해준다는 면에서 추적하는 자이기도 하다. 그래서 영희의 시선 역시 곧잘 p. o. v.로 잡힌다. 그녀가 누드 모델을 위해 어느 허름한 건물을 찾는 장면에서 우리는 나선형 계단을 빙글빙글 돌며 가쁘게 계단을 오르는 시선을 마주한다. 그 시선은 아주 강렬한 금속빛 시선이다. 낡은 계단, 철제 난간, 페인트로 낙서가 된 둥근 회색 벽이 어찔거리며 다가오는 시선은 그녀의 절망감, 조국으로부터 버림받고 홀로 낯선 이국의 수면 아래에 가라앉은 여린 소녀의 참담한 운명을 시각화한다. 그러나, 자꾸 거리로 골목으로 빌딩으로 파리 교외의 집으로 숨어들어가는 그녀의 길은, 그녀를 따라가는 성민의 시선은, 필요 이상으로 좁고 길고 어지럽다. p. o. v.가 공간을 이렇게 재현해서 그런 것일까? 이 은유의 미로는 숨막힌다. 미로의 출구는 성민에게만 열려 있고 관객에게는 닫혔다. 관객은 그를 뒤따르다 미궁에 빠진다. 허나 미궁에 빠진 것은 관객만이 아니다. 영화도 그 안에서 허우적거린다. 감독은 관객과 소통할 수 있는 통로마저 미로로 처리해놓았다.

영희가 말을 잃어버린 것은 어떤 충격 때문인가. 양부가 죽어서? 영철이 죽어서? 영철은 실어증에 걸린 영희를 놔두고 왜 베를린에 머무는가, 그가 하는 일은 무언가, 그가 꿈꾸는 '더 나은 사회주의'와 그의 살인은 어떻게 연결되는가, 성민은 왜 바지를 내려 애인인 샤르텔을 조롱하는가, 그가 영희와 관계를 맺는 것은 사랑인가 위안인가, 그런 말로 정당화할 수 있는 것인가, 베르나르의 성도착증과 정신질환은 내러티브에서 어떤 기능을 하는가, 베르나르의 행태가 시작된 것은 언제부턴가, 그럼 영희의 어린 시절은? 그리고 입양아 남매의 성장 과정은? 언제부터 영철은 영희를 놔두고 극좌파 운동권이 되었나, 그는 언제 모국어를 능숙하게 배웠나, '오빠'라는 말을 영희가 다 자란 다음 가르쳐주는데 그렇다면 그 전엔?

의문은 꼬리에 꼬리를 물고 일지만 아무도 이에 답하지 않는다. 영철은 생경한 선언성 발언들만을 남겨두고 구속되고, 성민은 산적한 질문을 뒤로하고 서둘러 이라크로 떠나버린다. 영화는 영희가 그러하듯 일체의 언어 행위를 거부한다. 가족들과 떨어져 지내는 등장인물들처럼 이 땅의 관객과 거리를 둔 채 베를린과 파리 어딘가에서 표류할 따름이다.

「베를린 리포트」는 당시 붐을 이루던 해외 로케이션 촬영의 한 폐단을 극명하게 드러내는 것으로 영화적 소임을 다했

174

다. 다만 박광수 감독은 이 영화를 계기로 피상적인 주제나 몽롱한 상징이 아니라 관객의 육신에 물컹하게 와 닿는, 그야말로 생활이 역사가 되고 삶이 신화가 되는, 주변 가까이 널브러져 있는 인생의 곡절과 해후해야 한다는 사실을 절감한 듯하다. 2년 뒤에 나온 「그 섬에 가고 싶다」(1993)는 푸르른 가작이다.

V

개봉 직후 관객과 비평가 모두에게 시큰둥한 반응을 얻었지만 「그 섬에 가고 싶다」에서 나는 박광수의 영화 가운데 제일로 비장한 면모를 목격했다. 영화 마지막 시퀀스가 그것이다. 전남 낙월섬 앞바다에 며칠째 떠 있던 상여배가 기어이 섬으로 들어오려 하자 동팔이 드디어 불이 붙은 장작더미 하나를 집어든다. 말리는 이들을 떨쳐버리고 그는 장작을 배를 향해 힘껏 던진다. 불길은 나무를 타고 올라가 금세 관 위로 번진다. 배 전체가 활활 타오른다. 사람들은 일순 놀라움과 탄식, 어찌할 수 없는 비감한 기분에 젖어 우두망찰 불타는 배를 바라본다. 당골어미는 진혼의 굿춤을 펼치고 문재구는 불길을 잡으려 악을 쓰다 마침내 꺼이꺼이 목을 놓아 통곡한다. 배는 차디찬 원한의 바다 위에서 실성한 듯 마구 불타오른다. 그 배가 어떤 배인가. 6·25 전쟁 당시 국군으로 하여금 인민군 복장으로 위장하여 마을 사람들을 처형하도록

인도한 비정의 인물 문덕배의 시신이 실린 배, 낙월섬 주민들 가슴 구비구비에 증오를 심어놓은 이가 이제 주검이 되어 뻔뻔스럽게 고향에 묻히겠다고 돌아온, 영화 시작 이래 상영 시간이 다하도록 섬에 들어오지 못하고 섬 언저리에 정박한 그런 배가 아닌가. 배 위에 누운 덕배는 불타지 않고서는 섬에 들어올 수도 없고, 죽은 이들의 원귀를 달래기 위해 마지막 남은 육신이나마 불타 재가 되어버리지 않고서는 결단코 섬에 묻힐 수도 없는 자이다. 불태움은 덕배가 죽음 이후에라도 마땅히 거쳐야 할 통과 제의다. 감독은 이 한맺힌 설움의 의식을 어두운 밤바다 위에서 치른다. 묵묵히, 단지 출렁거리기만 할 뿐인 검푸른 바다와 거기에 둥실둥실 뜬 채로 고통스레 불기둥을 이고 타들어가는 상여배는, 김지하 시인의 표현을 빌려 그 자체 '물과 불의 산 제사'라 할 장엄한 광경을 연출한다. 그렇게 차가운, 불타오르는 그 섬의 밤이 지나면, 이튿날 새벽녘에 마을 사람들은 힘을 합쳐 상여배를 섬 안으로 끌고 온다. 영화의 끝이다. 또 덕배의 방황의 끝이며 덕배로 인해 구천을 떠돌았던 중음신들의 기막힌 사연의 끝이다. 아름다운 화해다.

이런 화해를 이끌기 위해 영화는 원한과 증오의 터널을 느리게 관통해왔다. 시신조차 받아들이지 않겠다는 결의만큼 처절한 증오가 어디 있으랴. 말하자면 낙월섬의 시공간은 과거에 묶인 시공간이다. 40년 전의 사건 이후 이 섬은 정지됐고 감금됐다. 상처로부터 자유롭지 못했다. 그리하여 지금 섬 주위를 맴도는 인물들은 과거의 인물과 정확히 일치된다. 첫 시퀀스에서 우리는 문재구가 문덕배의 초상 사진을 들고 뱃전에 앉아 있는 모습을 목격한다. 여기서 사진은 타인(아버지)이면서 동시에 자기 자신이다. 즉 김철(안성기)은 김선생(안성기)이 되며 문재구(문성근)는 문덕배(문성근)가 되는 것이다. 이런 상황하의 1인 2역은 범상한 기획이 아니다. 이승과 저승을 연결하는 상징, 그러면서도 대를 이어가는 원한의 유전! 아들이 자기 아버지 역을 자연스레 떠맡는 까닭이 이것이다.

그 옛날 그 섬에는, 그럼에도 낙원이 있었다고 울타리 안쪽의 마당을 엿보며 김철은 생각한다.

그의 마음의 시선에 따라 카메라는 옥님이가 쭈그리고 앉던 담장과 낡은 마루, 신혼 첫날밤의 아늑한 신방과 문틀, 서까래 따위를 옛모습 그대로 훈훈하고 웅숭깊게 담는다. 업순네는 어느새 반백의 할머니가 되어 화면 왼쪽 1/3 지점에 수직으로 내려선 굵은 기둥과 함께 앉아 있다. 오른편은 비었다. 그건 세월의 여백과 같은 공간이다. 물론 사실이 꼭 그런 것만은 아니다. 옥님이는 고아였고 김철도 어머니가 없으며 넙도댁의 곱추딸 반임이는 병으로 죽었다. 넙도댁은 문덕배가 바람을 피우자 반미치광이가 되어 어딘가로 실려갔다. 그럼에도 별이 총총이 박힌 밤하늘과, 들판을 경중경중 뛰어다니는 옥님이는 그 자체 옛날의 낙원이었다고 김철은 생각한다. 시간을 다시 돌이킬 수 있을까? 김철은 마치 섬과 상여배의 간극을 이으려는 듯, 과거와 현재를 이으려는 듯 영화가 시작하자마자 배와 섬 사이의 바다에 빠진다. 그러나 돌이킬 수 있는 시간이란 존재하지 않는다.

초등학교 운동장에서 반동분자와 지지자를 나누었던 새끼줄처럼 현실은 생과 사, 과거와 현재를 명확하게 구획한다. 단 감독은 낙원을 지향하는 아름다운 의지를 용서와 화해의 모티프로 삼는다. 그래서 주인공들의 회상과, 밤하늘을 배경으로 죽은 이들이 덩실덩실 춤을 추는 환영에 의해 그 섬을 가고 싶은 낙원으로 만든다. 영화적 변용이다. 현실이 환상과 겹치고 주술로 연결되어 희망의 시간을 재구하는 지점이 여기다.

VI

"이 결단을 두고 얼마나 오랜 시간을 망설이고 괴로워했던가? 지금 이 시각 완전에 가까운 결단을 내렸다. 〔……〕 나를 버리고, 나를 죽이고 가마"(1970년 8월 9일 일기에서).

빛나는 영화사적 의의에도 불구하고 「아름다운 청년 전태일」(1995)에 대해 내가 다소 씁쓸한 기분을 갖는 이유는 무엇보다 그가 결단하기까지 겪었을 오랜 망설임과 괴로움을 영화에서 만나지 못한 데 있다. 영화가 끝나고 대형 스크린

영화사적인 의의마저 부인할 수는 없지만 감히 말하건대 「전태일」은 「꽃잎」처럼
소재주의의 혐의에서 자유롭지 못하다. 이구동성, 감탄과 칭찬 일색인 개봉 당시
분위기는 일종의 해프닝이라 부름직하다. 일상으로 짜여진 방황, 내면의 떨림,
1960~70년대 폭력적인 아버지/권력의 얼굴—영화에 부재한 것들이다.

가득히 올라가는, 제작 후원금을 바투어 낸 7천 8백 48명의 이름은 그것만으로도 우리를 충분히 감복시키지만, 지금 이야기하려는 것은 인간 전태일이나 그에 관한 영화 제작 뒷얘기가 아니다. 영화「아름다운 청년 전태일」이다. 영화는 1970년 11월 13일 전태일의 분신에서 시작한다. 전태일은 굳은 표정으로 발 밑을 내려다본다. 떨리는 손으로 라이터를 켜고 석유가 뚝뚝 떨어지는 법전에 불을 붙인다. 외투 자락에도 불꽃을 갖다 댄다. 그리고 고개를 들어 골목길을 뛰쳐나간다. 있는 힘껏 외친다. "근로기준법을 준수하라!" 뛰어가다 넘어진다. 불길이 머리로 다리로 옮겨붙고 자그마한 그의 체구를 휩싼다. 도피중인 지식인 운동가 김영수는 이 대목까지 쓰다 잠시 펜을 놓고 호흡을 가다듬는다. 김영수는 70년대 운동의 푯대인 구원의 이름 전태일이 아닌, 영웅이 아닌, 1948년 대구에서 태어나 평화시장에서 재단사로 일하던 스물세 살 청년 노동자의, 나이보다 깊은 절망과 절망보다 뜨거운 결단의 생을 평전으로 다시 살리고 있다.

영상은 얼음보다 차가운 흑백. 카메라는 좀체로 움직이지 않는다. 세 평에 불과한 비좁은 공장에서, 뿌옇게 쌓인 먼지 더미를 들이마셔가며 하루 열여섯 시간 미싱을 타고 한 달에 몇만 원의 임금을 받는 여공들 사이에 끼여, 시다 대신 옷감에 묻은 실밥을 떼고, 주머니를 달고, 바닥을 청소하는 전태일을 꼼짝 않고 보여준다. 박광수 감독은 전혀 과장하지 않았다. 드라마틱한 어떤 정황도 삽입하지 않았다. 어린 여공들에게 점심을 대신 주고 밤길을 뛰어가거나 바보회를 만들어 노동자의 생존과 권리를 토론하고, 또 탄광촌에서 돌아갈 결심을 하는 순간순간을 차분하게 지켜볼 뿐이다. 영수가 쓰는 60년대 전태일의 삶과 죽음이 담백한 것과 마찬가지로 감독이 쓰는 7, 80년대 영수의 삶 또한 담백하다. 이 점 영화가 견지한 냉정한 절제의 미학이다.

하나 그 절제된 손길은 마땅히 존재해야 할 고뇌의 흐름을 자주 건너뛴다. 징검다리처럼 건너뛰어 이들의 일대기를 보여주는 데 그칠 뿐 이들의 번민을 생활로 다시 반영시키는 데까지는 나아가지 못하는 것이다. 그러기에 우리는 태일이 죽음을 결심하게 된 바로 그 순간이 의아하다. 그가 분신을 결행하게 된 직접적이고도 구체적인 배경은, 『전태일 평전—어느 청년 노동자의 삶과 죽음』이 아닌 「아름다운 청년 전태일」에서 무엇이었던가. 대략 두 가지 두드러진 사건이 있다. 하나는 사업주와 관공서가 노조 설립을 방해한 것, 다른 하나는 노동 조건을 개선하겠다는 약속을 회사측이 배신한 것. 노동자의 궁핍한 생존 여건이 지배적인 분위기로 가세하기는 하지만, 약하다. 한 인간을 죽음으로 몰고 가게 된 동기치고는 지나치게 평면적이고, 분신이라는 엄청난 결단의 배경치고는 개연적 설득력을 갖기 힘들 정도로 축약된 사건이다. 이는 정황을 상징적으로 응축한 것인가? 아니다. 앙

182

상한 에피소드로 간추린 연대기에 지나지 않는다. 마땅히 자리해야 할 60년대 청계천 노동자의 현실은 위에서 살펴본 고정된 공장 미장센 이외에 노동자들이 열악한 근로 여건을 인터뷰식으로 '증언' 하는 장면쯤으로 처리되었다. 이 대목은 깊이 생각해볼 필요가 있다. 화면 정면을 바라보며 진행되는 증언 장면은 생생한 육성이 전달하는 바, 다큐멘터리적 현장성이라는 효과를 가져오기는 한다. 하지만 생활에 밀착하여 그 안에서 풍요롭게 건져올렸어야 할 내용을 이 '의사 다큐멘터리' 신은 입으로 전달하고 있다는 문제를 안고 있다. 노동자들의 처지를 형상화를 통해 드러내는 대신 충격적인 대사 내용에 의지해 날것인 채로 그냥 들이밀고 있는 것이다. 불쌍한(!) 모습의 노동자들을 직접 내보내 자신의 지난한 이력을 구구절절히 대사로 설명하게 하는 이런 장면을 어떻게 받아들여야 할 것인가. 고발? 진솔한 모습을 가감 없이 보여주려고? 우리 주위에 산재한 현실을 환기시키기 위해? '근대화' 라는 기치 아래 지난 60년대 이래 이 땅의 노동자가 겪은 고통이야 더 말할 나위 없는 것이지만, 그리고 소개되어 마땅한 것이지만, 「아름다운 청년 전태일」이 다큐멘터리가 아니라 극영화라는 사실을 염두에 둔다면, 이런 기획은 감독의 순정적인 선의와 다르게 노동 현실을 고발하는 것에 앞서 노동자를 동정의 눈으로 보게끔 하는 오류를 초래한다는 점을 분명히 인식해야 할 것이다. 김영수가 쫓겨다니던 70년대의 현실도 60년대와 마찬가지로 제 모양을 보여주지 못했다. 유신 시대의 살벌한 풍경은 김영수가 애인 신정순과 전철역에서 서로 모른 척하고 헤어지는 정도로만 드러난다.

영화 마지막 장면. 김영수는 골목을 두리번거리며 누군가를 찾는다. 마찌꼬바와 하청 공장, 도매 상가와 헌책방들이 빼곡하게 들어찬 청계천 골목길에 앉아 기웃거린다. 전태일은 가던 길을 멈추고 뒤돌아 김영수를 본다. 그리고 웃는다. 환한 웃음이다. 죽어도 죽지 않는 전태일, 수천 수만의 젊은 이로 부활하는 젊은 예수를 상징하는 이 장면의 또 다른 의미는 이제 전태일은 당신이라고, 언젠가 김영수가 애인에게 했던 그 말을 전태일이 지금 김영수에게 들려주고 있다는 것이다. 이 부드러운 감독의 의지는 그러나 민주 노조에게 쏟아졌던 저 가공할 폭력의 모습이 생략된 채 던져진 것이어서 우리에게 깊은 울림을 전하지 못한다. 때문에 나는 진정코 전태일이 다시 영화로 부활하기를 바란다.

박광수 감독은 체감 온도를 더 낮게 느끼게 하는 장치들, 예컨대 억센 비, 거친 바람, 희미한 조명 따위를 인간의 얼굴 위에 아름답게 부릴 줄 아는 이다. 그리고 정치의 시대가 끝났다고 소란스레 떠드는 지금, 그는 자기만의 노선을 고집할 줄 아는 드문 감독이다. 제작에 들어갈 영화와 관련해 배우에게 리포트를 쓰게 하고 꼼꼼히 따져 묻는다든가, 연출부 전원에게 시나리오는 물론 콘티까지 그리게 한 다음 토론에

붙이고 집요하게 논쟁한 뒤 마침내 민주적인 합의의 과정을 거쳐 한 편의 영화 구성안을 마련한다는 박광수 감독의 연출 스타일은 영화계에 잘 알려진 이야기다. 영화를 대하는 성실성과 차가운 통제력, 치밀한 주제 의식을 지닌 그가 서사에 대해, 영화의 중심에 대해 더 억세게 고민하기를 바라는 건 비단 나 혼자가 아닐 듯싶다.

철들 무렵, 유쾌한 몽상

이명세론

한국 영화 감독의 스타일리스트 계보도를 작성한다면 아마 유현목과 김기영이 앞자리를 차지할 것이다. 유현목 감독은 분단 체험, 종교적 갈등 등 무거운 소재를 사실주의적 기법으로 그린 이로 널리 알려져 있는데, 사실 그의 대표작인 「오발탄」(1960)이나 「막차로 온 손님들」(1967), 「장마」(1979), 「사람의 아들」(1980) 등을 보고 있노라면 리얼리스트 대신 표현주의자라는 말이 적격이라는 생각이 들 만큼 영화에서 인물과 배경을 '짜맞추는' 솜씨가 일품이다. 공간의 정교한 분석을 통해 고안된 기하학적인 미장센과 적시적소에 정확한 템포로 피사체를 포착해들어가는 카메라 워크는 부인할 수 없는 유현목 영화의 장기다. 표현주의적 양식미라면 김기영 감독도 독보적인 존재다. 「고려장」(1963), 「파계」(1974) 같은 소수의 예외적인 영화를 제외하고 60년대 이후 줄곧 사이코 심리 추적 영화와 부조리극 형태의 멜로드라마 등 여성 중심의 심리 드라마에 몰두해온 그는, 스스로 '심리주의적 스타일'이라 부른 것에 걸맞는 독특한 영상을 일관되게 구현해왔다. 특히 「하녀」(1960), 「화녀」(1971), 「충녀」(1972), 「살인 나비를 쫓는 여자」(1978)에서 오브제의 상징적인 배치, 인간의 내면을 음각하는 조명, 대칭적인 구도와 색채의 현란하고 위력적인 운용은 한국 영화사에서 그의 위상을 충분히 도드라지게 하고 있다.

초기 정진우와 이두용, 중기 이장호의 몇몇 작품도 그 목록에 포함되겠으나, 후대의 괄목할 만한 스타일리스트라면 80년대 후반의 배창호 감독이다. 일반적인 우리 영화가 대략 7, 8백 개의 숏으로 구성되는 것과는 대조적으로 「황진이」 (1986)와 「꿈」(1990)에서 그는 각각 220여 커트와 290여 커트만으로 거침없이 영화를 끌어나간다. 미학적 성공 여부를 떠나 당시 한국 영화계의 주류 산업 구조와 극영화 관행 아래에서는 좀처럼 나오기 힘든 실험적인 시도였다. 여기서 쓰인 깊은 심도, 멀리 보이는 인물, 참기 힘든 긴 화면은 이후 딥 포커스, 롱 숏, 롱 테이크를 실험하려는 감독에게 하나의 전범으로 기능하였다.

이 계보의 마지막 칸은 단연 1990년대 우리 영화계에서 가장 독창적인 스타일리스트로 꼽히는 이명세 감독의 것일 터이다. '가장'이라는 수식어에 동의하지 않는 이일지라도, 적어도 그가 지금 우리나라에서 보기 드물게 조형적 영상미로 화면을 구축하는 감독이라는 사실에 대해서는 기꺼이 수긍할 수 있을 것이다. 예를 들어 비현실적인 원색의 사물, 모조 공간임을 노골적으로 드러내는 세트, 극영화에 삽입된 만화식 말풍선, 코미디·갱스터·멜로드라마·뮤지컬 등 장르의 분방한 왜곡과 혼용, 분할된 에피소드식 구성, 그리고 무엇보다도 현실에 느닷없이 끼여드는 몽상과 상상, 유희적 태도의 공개적인 선언은 그 이전까지 한국 영화에서는 만나보기어려웠던 이명세 영화만의 개성이다. 또 흔히 주제와 내러티브에 종속된 형태로 쓰이기 일쑤인 양식적 스타일을 오히려주제에 우선하고 내러티브를 이끄는 주요한 컨셉트로 삼는다는 사실도 유사한 예를 달리 찾기 힘들다. 주제의 면에서도 그의 영화는 꽤 다르다. 한(恨), 어둡고 우울한 역사의 터널, 현실이 부과하는 근원적 고뇌 혹은 묵직한 초월적 의지등 전통적 입장에 선 우리 영화 가운데 좀 비중 있는 작품을떠올릴 때 쉽사리 연상되는 요소가 그의 영화에는 드물다. 대신 꿈, 농담, 헐렁한 광기, 치명적이지 않은 치열함, 종잡을 수 없이 조바심치는 삶의 출렁거림이 중심을 차지한다. 그 사이사이에 은근하게 끼여드는 과거는 검게 타들어가는고단한 과거가 아니라 비록 가난할지언정 생의 동력만은 부지런하게 움텄던 그립고 아쉬운 과거다. 이쯤에서 우린 그의영화의 면면을 홀낏 일별할 필요를 느낀다.

「개그맨」(1989)은 통쾌하면서도 지리멸렬한 몽상에 관한영화다. 삼류 개그맨 이종세와 이발사 문도석은 제각기 영화감독과 배우라는, 도무지 이루어질 성싶지 않은 꿈을 위해현실의 굴레를 박차고 나가 은행털이라는 비현실의 세계로진입한다. 이 영화의 매력은 어처구니없는 욕망의 소유자들이 장르의 관습을 돌파하면서 한바탕 몽유의 소동을 벌인다는 점에 있다. 이를 가능케 하는 것이 제멋대로 분해된 채 코미디의 그물에 얼기설기 묶여 끌려다니는 갱스터 장르의 틀, 그 안에서 속수무책으로 터져나오는 우발적 충동, 영구히 성취 불능인 욕망이라는 내적 모티프이다.

「나의 사랑, 나의 신부」(1990)는 신혼 부부의 '달콤쌉싸름한' 일상과 순진무쌍한 도발을 다룬다. 영민과 미영이 초라한 생활의 공간을 전부 알록달록한 원색으로 채색하는 신혼 초에서 출발해 오해와 질투, 무기력과 권태의 시기를 지나 성적 욕망이 아슬아슬하게 분출되는 모험기를 통과하는 과정을 그렸다. 「첫사랑」(1993)은 연극반 선생님을 짝사랑하는 영신이 착시·환시·환청의 열병을 앓는 과정을 길게 늘였다. 성년으로 가는 길목의 통과 의례라는 점에서, 환희의 추억을 현재 공간 안에 분출시켜 화사한 회상의 시간을 마련하려 한다는 점에서 「첫사랑」과 「나의 사랑, 나의 신부」가 겨냥하는 바는 같다. 사춘기·신혼기라는 시기적 속성상 두 영화가 견지하는 공통점은, 다소 부풀려 말한다면, 사랑의 감정이 신체를 투과하는 순간 발생하는 이성의 공간적·물질적 변화, 숨막히는 연애 체험의 감각적 변형, 몸이 부웅 뜨거나 나른하게 가라앉음과 동시에 대상의 압력을 극대화·극소화하여 감지하는 신체적 반응, 요컨대 '순수'의 순정적 증세에 관한 임상 실험이다. 「남자는 괴로워」(1994)는 일탈 심리에 관한 영화다. 봉급쟁이들만큼 지금 이곳, 이 일에서 벗어나고 싶어하는 이들도 없다. 상사의 압력과 쳇바퀴 돌 듯 변함없는 일과에 지친 한 무리의 샐러리맨들이 저마다 궤도 이탈을 바란다. 허나 그것이 한갓 바람에 그치리라는 걸 제일 잘 아는 이들 역시 그들이다. 이때 할 수 있는 일은 꿈의 힘을 비는 길뿐이다. 꿈의 환상성, 환상적인 일탈의 꿈을 강조하기 위해서 이 코미디 영화에는 가장 미국적인 장르로 불리는 뮤지컬이 밑그림 구실을 하고 있다. 「지독한 사랑」 (1996)은 불륜을 통해 연인들의 극과 극을 오가는 애증의 갈등을 그렸다. 영희와 영민이 느끼는 사랑과 증오의 감정은

고개 숙인 샐러리맨들의 회로애락. 봉급날의 짧은 기쁨, 위계의 긴 굴욕, 불안한 미래, 안쓰러운 이 시대의 아버지. 그러나 노동으로부터의 소외에서 자기 소외로 이어지는 산업 사회의 구조를 사유하지 않기에 영화가 내뿜는 즉자적 탄식은 보기가 무척 괴롭다.

그들이 사는 세상과 살림살이 곳곳에 투사되어 그곳의 외양을 때로는 천국으로 때로는 지옥으로 변화시킨다. 영희와 영민의 욕망이 금기의 현실과 격투하여 승리할 경우 물상의 색채는 눈부시게 전이한다. 그러나 그들이 손을 뻗쳐 그걸 수중에 넣는 바로 그 순간 눈부신 전리품은 격투의 지긋지긋한 흔적으로 일순 돌변한다. 둘의 실랑이는 욕망을 좇는 인생의 싸움과 닮은꼴이다. 욕망은 늘 부재의 상태로 우릴 유혹하고 우린 결핍을 메우려고 번번이 지고 마는 게임을 다시 시작하니 말이다.

이상에서 확인되듯이 이명세 감독이 전통적인 영화 제작 규칙에서 벗어나, 역사적 현실을 재조명하기 시작한 80년대 이래 젊은 감독의 대열에서도 이탈한 채 매달리고 있는 것은 감정의 자유로운 시각 효과이다. 이 '자유로운 시 감각'은 영화를 몽상의 또 다른 형태로 보는 그에게 퍽 중요한 전술이 된다. 몽상의 매체이기에 내러티브의 현실은 객관적 인과율보다 심상의 흐름에 맞춰 구성되며, 현실의 재현이 아닌 심적 이미지의 재현이기에 대상은 현실의 합법칙적 연쇄고리에 지배당하지 않는다. 사실성의 경계를 넘어 감각과 신경세포의 역동적인 논리에 따른다는 면에서 이러한 이야기 구조와 대상의 생생한 시각화는 상호 교통하는 관계를 갖는다. 대상을 독특한 시 감각으로 다루는 그의 영화는 그러나 현란함·고상함·거대함 따위의 귀족적 성향과는 정반대편에 있다. 그는 삶의 외곽, 문화적 변방의 순박함 · 촌스러움 · 유치함 · 조잡함, 구닥다리 정서를 끼고 돈다. 그 심리적 방언의 세계를 향해 조용히 카메라를 들이댄다. 그가 영화를 몽상의 도구로 삼되 여느 몽상가와 구별되는 중요한 근거가 이것이다.

이명세 감독이 영화내에 자주 설치하는 꿈 · 망상 · 몽상 · 상상 · 환상의 세계는 현실에서 도발적으로 비약하여 무언가를 성취하게끔 우리를 충동질하는(이런 충동질은 우리를 '지도' 함으로써 '규제' 하려는 기존의 억압체와 얼마나 비슷한 생김새를 하고 있는가) 장치로 쓰이지 않는다. 뒤로 물러나 자의식의 저 밑에 눌어붙어 있는, 지금 돌이켜보면 보잘것없이 초라한 치기이지만 한때는 한 인간의 생을 격렬하게 발광시켰던 무궁한 예감의 발원, 그럼에도 결코 발아할 수 없었고 앞으로도 영원히 회복하지 못할 잃어버린 시간의 기억을 되살리게 하는 촉매제에 불과하다. 그건 관객의 호기심을 슬며시 건드리고 지나갈 뿐이지만 그 미세한 건드림이 주는 유혹은 엄청난 것이어서 그의 영화를 보며 우린 너나없이 과거의 수풀 속을 헤집고 다니게 된다.

II

데뷔작 「개그맨」은 영화 만들기에 대한 영화이다. 서구 영화계의 뜻있는 작가들에 의해 꽤 자주, 그리고 깊이 있게 고민된 영화적 화두의 하나가 영화의 매체에 관한 성찰, 자의식으로 들끓는 겹반영적 내러티브라는 것은 잘 알려진 사실이다. 1920~1930년대 실험 영화 작가들이나 고다르를 위시한 프랑스 누벨 바그 세대, 펠리니 등 60년대 이탈리아의 거장들, 아니면 할리우드 B급 영화의 일탈적인 작품에서 익히 목격한 바와 같이 '영화를 영화적으로 사고하는 영화' 란 그리 새로운 안건이 아니다. 하지만 우리 경우는 이장호 감독의 「바보 선언」(1983)과 이명세 감독의 「개그맨」을 제외하고서는 거의 없지 않은가 싶을 정도로 이런 고민을 실은 영화가 등장하지 않았다.

여기서 몇 가지 의문이 떠오른다. 왜 영화 선진국에서는 영화를 대상으로 한 영화가 자주, 낯설지 않을 만큼 나오는가. 우리에겐 '영화에 대한 영화' 가 왜 전무하다시피 한가. 하필이면 왜 영화 만들기에 대한 영화인가. 영화에 대한 영화란 영화 매체의 구성 장치와 내적 관습, 극장 · 영사 · 관람이라는 사회적 현상 따위와 같은 기성품으로서의 영화 관행에 대해 문제를 제기하거나 천착해들어간다는 의미가 있다. 구체적인 대상은 곧 장르 · 자료체 효과랄지 간헐 작용으로 연속 운동하는 프레임의 시간성, 피사체 시선과 카메라 시선의 봉합 또는 교차와 이화, 원근법을 포함한 공간의 환영, 내레이션을 조절하는 스타일과 내러티브의 교직성 등이다. 이것은 영화적 교양과 전통의 축적 위에서만이 성립 가능한 작

극장의 하늘을 잔뜩
가리고 있는 영화
매체의 환상성·관
습성·조작성, 그
휘장을 조금씩 찢으
며 피어오르는 영화
만들기의 일장춘몽.
해괴한 반항의 포즈
가 경직된 카메라
장치를 난타한다.

업, 즉 실험이거나 유희이다. 이 나라에 영화를 매개로 영화
를 말하는 작품이 없었다는 것은 영화적 상념을 가능케 하는
그러한 교양과 전통의 두께가 얇고, 그리하여 영화 일반에
대해 반성적으로 사색할 여유, 천착해들어가 부정할 만한 어
떤 소여(所與), 영화의 본질을 파고들어 문제를 제기하는 감
독이 없었음을 말해준다.

「개그맨」은 이 땅에서도 이제 비로소 영화적 반성과 유희
가 싹틀 수 있음을 선포한 영화다. 그 점에서 이 영화는 확실
히 새로운 공기와 같다. 「개그맨」이 관객들로부터 쉬 잊혀진
것은 어쩌면 그런 낯설고 새로운 시도가 겪어야 할 당연한
결과였는지 모른다.

세 주인공의 면모는 독특하다. 이종세 · 오선영 · 문도석, 안성기 · 황신혜 · 배창호가 맡은 이 배역들은 그들의 자연인 혹은 공인으로서 알려진 바와 영화 안에서 회화화한 캐릭터의 부조화로 꽤 유쾌한 몇 겹의 마찰을 빚는다. '전업' 영화 배우라는 점에서 안성기의 경우는 약간 다르지만, 황신혜와 배창호는 각각 섹시한 미모의 일급 탤런트와 유능한 흥행 감독에서 예술적 실험으로 작가적 변신을 꾀하기 시작한 일급 감독의 면모를 극중에서 단번에 배반한다. 황신혜는 당시 유약하거나 다소곳한 인상의 배역으로 TV에 자주 출현했다. 여기서는 누구보다도 현실적이고 영악하고 싸늘하고 강단지며 퇴폐적인(실은 '부패한'이라는 말이 더 어울린다) 인상을 물씬 풍기는 여인으로 나온다. 두 남자를 거느리는 실질적인 여두목이 되는 것이다. 이 20대의 되바라진 여인에게 번번이 수모를 당하는 이는 문도석인데 이 인물이 걸작이다.

변두리 이발사 문도석의 꿈은 영화배우다. 감독을 사칭한 개그맨 이종세를 만나면서 그 소박한 인생에 전기가 마련된다. 그러나 하는 족족 실수 연발이다. 미심쩍은 행동으로 경찰의 의심을 사고, 실수로 살인을 하고, 도피중에 경찰서에 전화해 행선지를 밝히는 식이다. 그는 순진하지만 겁쟁이에다 어리석고 미련하다. 위급한 순간에는 비열하게 책임을 떠넘기기도 한다. 이 모든 우스움과 추함은 문도석말고 배창호의 얼굴에 포개지면서 곱절의 웃음을 유발시킨다. 그는 같으면서 다르다. 배창호와 똑같으면서 배창호와 전혀 다르다. 이 이미지의 차이를 문도석은 자꾸만 잠식해들어가고 그럴수록 배창호는 도망치려고 버둥거린다. 물론 결과는 버둥거리다 넘어져 어쩔 수 없이 자기 인상을 어기는 쪽으로 끝난다. 관객은 '문도석 안으로 미끄러지는 배창호'라는 공공연한 모욕의 상황을 즐기게 된다.

"상하이 박! 지난 20년 동안 차디찬 감방에서……"로 시작되는 그의 연기 연습이나, 멍청한 실수로 은행에서 경찰을 불러들인 데 대해 오선영이 호되게 야단치자 어금니를 물고 입술을 일그러뜨린 채 비음 섞인 목소리로 삐딱하게 외치는 말 "내가 영화 제목을 몰랐잖아!" 또 침을 꿀꺽 삼키며 "그저 라면은 민짜가 좋죠" 하는 넉살 반 어눌함 반이 섞인 대사들은, 배창호를 문도석으로 변화시키는 데 능히 효과적인 기능을 수행한다. 허나 이 대사 안에는 더 의미심장한 웃음의 전략이 숨어 있다. 그것은 아주 치밀하게 짜여졌거니와, 우리의 의식·무의식적 욕망, 그리고 그 욕망을 제어하는 현실의 패러다임을 적극 반영한다는 면에서 눈길을 끈다. 캐릭터의 끝없는 변신, 그럼에도 결코 변치 않는 천성이 그것이다. 엊그제까지만 해도 "구청장님한테 표창장까지 받"은 모범 이발사가 갑작스레 배우가 되겠다고 쌍꺼풀 수술을 하고 눈두덩에 붕대를 붙인 상황은 차라리 범상하다. 라면의 참맛을 즐길 줄 알고 김치 줄거리를 손가락으로 널름 집어 삼킬

줄 아는 이 사람 좋은 중년의 배우 지망생이 한 순간 겁에 질려 살인자로 변하고, 그 고통에 못 이겨 삶은 달걀을 이마로 깨서 하염없이 먹어대는 천상 영락없는 뚱보로 돌아오고, 부산역에서는 여자 행색으로, 아니 그냥 여장(女裝)도 아닌, 맞춤 원피스에 '뾰족구두'까지 신고 뒤뚱거리며 유모차를 미는 아줌마가 되고, 마침내 텅 빈 기차 객실에서 비열한 총잡이로 전락하는 장면들은 영화에서 꿈꿀 수 있는 변신의 한 극을 보여준다. 변신과 변신의 사이에 예의 못 말리는 천성이 놓여 있음은 물론이다.

이종세의 경우는 문도석보다 한결 더 복합적인 캐릭터다. 밤무대에 출연하는 이 삼류 개그맨은 "언제나 여러분의 사랑 속에 쑥쑥 자라나는 여러분의 귀염둥이, 늘 종달새처럼 지저귀는 종세, 개그맨 이종세"라 자기를 소개하지만, 실은 능력도 인기도 매력도 없는, 70년대 그 시절 우리 형이나 삼촌, 푼숫기 있는 옆집 백수의 인상을 풍긴다. 그는 채플린이기도 하다. 얌체 같은 콧수염과 촌스러운 양복, 뒤뚱거리는 걸음걸이는 그를 영락한 희극 배우로 만들어놓는다. 완연한 중년의 얼굴로 '쑥쑥 자라나는 귀염둥이' '종달새' 운운하는 꼴은 그 썰렁함 때문에라도 헛웃음을 웃게 만든다. 또 그는 독재자다. 뚱보 문도석 위에 군림하는 히틀러다. 아름다운 여인을 짝사랑하는 용기 없는 노총각이다. 오선영 앞에만 서면 할말을 잃고 우왕좌왕 갈피를 못 잡는 쑥맥의 남자다. 그는 착하면서도 거만하고, 군중과 함께 있으면서도 고독하다(어두운 무대에서의 독백이 그 고독의 극치임은 두말할 나위 없다). 그러므로 그는 우리 모두의 분신이다. 나아가 무능한 감독의 초상이기도 하다. 패러디 인생, 베끼기 인생일 뿐 그의 사전에 독창성이란 단어는 없다. 옷매무새와 콧수염은 채플린과 히틀러를, 춤과 제스처는 채플린과 이주일의 그것을 반씩 흉내 낸 것이다. 그가 썼다는 영화 시나리오는 영화가 끝나는 지점까지 공개되지 않는다. 그가 계획한 영화의 장르(액션영화)는 탈영병이 준 M16 총에서 착안한 것이다. 그뒤 「돈을 갖고 튀어라」에서처럼 은행을 털고 「보니와 클라이드」에서 본 것같이 갱 노릇을 한다. "부산에서 밀항선을 타고 일본으로, 위조 여건을 만들어 멕시코로, 국경을 넘어 할리우드로, 그리하여 감독으로!"라는 그의 마지막 계획은 오선영이 제공한 것이다. 오선영의 카운트다운으로 객실에서 펼쳐진 비장한 최후의 대결은 서부극의 결투 시퀀스에서 본떴고, 그때 읊조리는 대사 "사나이의 의리를 배신한 것만은 용서할 수 없다. 자, 총을 들어라!"는 문도석의 고정 레퍼토리를 슬쩍한 것이다. 여하튼 이런 식으로 이종세는 개그맨이 되고 웃기는 감독이 되고 얼뜨기 강도가 되고 실없는 백수가 된다.

이들의 변신은 욕망이 단순하고 직접적으로 투사되어 성취된 형태를 하고 있지는 않다. 약간 다르다. 욕망의 키에 아주 조금씩 모자란 형태의 변신인 것이다. 바로 이 '조금씩 모자람'이 이종세 일당의 변신을 '어이없는 변신'으로 만들어놓는다. '어이없는 변신'은 이 영화를 복류하는 매우 중요한 동기다. 주인공들의 사념의 일체는 오로지 지금·이곳을 벗어나 저기쯤에서 다른 무엇이 되겠다는 상상으로 달려나간다. 감독과 배우를 겨냥해 질주하는 상상은 그러나 영화 속의 현실에서 언제나 조금 빗나간 지점에 도달하고 만다. 그 차이, 애초 욕망했던 자리와 당도한 자리 사이의 거리, 헐레벌떡 뛰어올 때의 숨가쁜 기대와 가쁜 숨을 고르고 지금 거기 서서 어리둥절한 표정으로 좌우를 살피는 결과 사이의 간격에서 다시 욕망이 새어나온다. 영화는 계속해서 차이를 생성한다. 주인공들은 차이를 뛰어넘기 위해 다시 욕망을 안고 도전한다. 그럼에도 차이는 끝까지 좁혀지지 않는다. 그들은 언제까지고 차이 사이를 달음박질칠 것이다.

가장 변신에 미련이 많은 이는 이종세다. 그는 경찰에 포위당하는 최후의 순간에도 내게 생각할 30초의 여유를 달라고 버틴다. 그의 꿈꾸기 습관은 고질적이다. 가장 현실적인 판단력의 소유자는 오선영이다. 그녀는 가차없이 말한다. "웃기지 말고 튀어!" 그녀의 마지막 대사는 "모두 미쳤어!"다. 남은 것은 무엇인가. 우선, 부산역에 덩그러니 떨어져 있는 노란 우산과 유모차가 눈에 들어온다. 강렬한 '욕동(欲動)'의 흔적, 번번이 욕망 게임에 지고 만 자들이 흘리고 간 망상의 흔적이다. 초라하다. 그래서 관객은 노란 우산이 땅

202

바닥에 눈부시게 내동댕이쳐지는 순간 세 명의 (현실의) 도주자 / (욕망의) 추적자에게 연민을 느끼게 된다. 황당하고 엉성한 이종세, 미련하고 고지식한 문도석, 영악하고 이기적인 오선영. 캐릭터로 짐작할 수 있듯이 3인 1조의 떼강도짓은 애시당초 실패하고야 말 운명이었다. 그들은 강도다운 강도도 되지 못했다. 기껏해야 파리나 날리는 시골 은행, 영세한 구멍가게, 전당포 등속을 노렸을 뿐이다. 그나마 위장 경찰한테 장물의 태반을 뺏기지 않았는가. 「개그맨」은 근본적으로 우리 사회를 풍자하고 있는 영화다. 삼류 개그맨이 감독이 되고 감독은 강도가, 배우는 하수인이 되는 사회. 강도는 경찰한테 강도당하고, 두목은 열을 세기 전에 돌아선 부하한테 죽음을 당하는 현실 말이다.

갱스터 없는 갱스터 영화. 그러면서도 모두가 악당인 「개그맨」의 주제는 도입부의 만화가게 신에서 이종세에 의해 암시된 바 있다. 그는 씁쓰레하게 말한다. "이 세상 사람들이 진정으로 만화를 볼 줄 안다면 날 이해할 수 있을 텐데……" 장르, 세상, 인생을 희롱하는 일장춘몽의 그림자 놀이. 낡은 라디오에서 흘러나오는 「서머 타임」의 선율에 맞춰 꾸벅거리고 졸다 한바탕 봄꿈을 꾸는 몽상의 유희. 이명세 영화가 출발하는 곳이자 멈추는 곳이다.

몽상의 막바지. 문도석은 이종세를 사살한 다음 자신의 뺨을 번갈아 때리면서 엉엉 울며 말한다. "이게 꿈이었으

면……" 그 꿈을 감독은 다시 실현시켜준다. 이발소로 돌려
보내는 것이다. 그건 낙원으로의 귀환인가? 아니다. 다시 돌
아온 그곳은 나른하고 무료하다 못해 의식이 축 늘어진 채
스킨 로션을 기다리며 45도로 누워 있는 지겨운 공간이다.
어떤 도전이나 실험, 일탈도 '미친 짓'이 되고 마는 공간이
다. 그러니까 낙원은 여기가 아니라 거기, 방금 전에 꾸었던
그 꿈속에 있다. 여기 있는 한 이곳은 낙원이 될 수 없다. 그
럼 꿈속에 있다면? 사람을 둘씩이나 죽인 문도석이 자책하
는 그곳이 낙원일 리야. 당연히 꿈속에서 느끼는 낙원은 현
실일 터이다. 팔아치우기 직전의 이발소, 쌍꺼풀 수술 따윈
생각도 않던 시절의 이발사가 낙원이다. 요컨대 낙원은 잃어
버린 다음에야 자신의 존재감을 알려주는 그러한 곳인 것이
다.

　그래. 돌이켜보면, 태양이 아니라 역광으로 쏘아대는 조명
이 너무나 찬란해 사람을 쏘아 죽인 뚱보는 얼마나 멋진 체
험을 한 것인가. 그즈음 총신 끝에서 피어올라 대기 속으로
흩어지는 화약 연기처럼 배경 음악으로 「태양은 가득히 Plein
de Soleil」가 은은하게 흘러나온다면 또 얼마나 근사하리
오…… 그런데 「개그맨」은 이발사가 살인도 하고 강도짓도
저지르는 꿈을 꾼 것인가, 아니면 살인 강도가 이발도 해주
고 스킨도 발라주는 꿈을 꾼 것인가. 알 수 없다. 어쩌면 이
종세는 그때 죽지 않았는지도 모른다. 총알이 폐부에까진 이

르지 못해 다행히 목숨을 건지고 병원 신세를 진 다음 현재 복역중인지도 모른다. 감옥 안에서 자신이 다시 주연으로 나오는 영화 「개그맨 2」를 준비하고 있는지도 모른다. 만기 출소를 이틀쯤 앞둔 어느 날 「빠삐용」처럼 탈영하여, 청송으로 이송되던 도중 「세상 밖으로」처럼 탈출한 뚱보와 합류, 같이 할리우드에 진출한 다음 「스턴트 맨」처럼 악전고투의 스턴트 맨 생활 끝에 어느 정신나간 제작자를 꼬드겨 드디어 메가폰을 잡고 크랭크 인에 들어간 첫날, 절벽에서 연기 지도를 실감나게 하다 실족해 다시 병상에서 시나리오를 고치는, 그런 객쩍은 몽상을 감옥에서 하고 있는지도 모른다.

III

"사람은 선험적으로 인생에서 가장 중요한 것은 사소함 속에 있다는 것을 안다. 사랑은 허황되고 화려한 말이나 동작, 큰 몸짓에서 오는 것이 아니고 한 순간 마주친 그윽한 눈길에서 오며, 진정한 우정도 밤새워 마시는 술잔 속에 있는 것이 아니고 괴로울 때 조용히 어깨를 감싸주는 손길에서 온다는 것을 안다. 메테를링크의 「파랑새」도 바로 우리가 찾는 진정한 것은 가까이에 있음을 말해준다. 그러나 사람들은 오늘도 먼 곳을 향해서만 눈길을 주며 황황히 발걸음을 재촉할 뿐이다.

나를 움직인 한 편의 영화. 그것은 오즈의 사소함이다. 그러나 사소함이란 빙산처럼 드러난 일부분이다. 우리가 보지 못하는, 물이 흐르는 그 밑에는 잴 수 없는 인간의 영원한 보편성이 담겨 있기 때문에 사소함 속에 진리가 있다고 하는 것이리라"(이명세, 「사소함과의 만남」, 박숙희 엮음, 『나를 움직인 이 한 편의 영화』, 도서출판 정민, 1990, pp. 56~57).

사소함에 대한 이명세 감독의 애정은 그의 전영화를 관통하는 주제 의식이다. 「나의 사랑, 나의 신부」와 「첫사랑」은 '동전이나 단추 한 개'처럼 작고 사적인 것에 바치는 연가라 할 만큼 주위의 소소한 현상들을 각별히 애틋한 시선으로 조망하고 있다. 일곱 개의 에피소드로 이루어진 깔끔하고 상쾌한 코미디 「나의 사랑, 나의 신부」가 우리 영화계에 끼친 영향은 적지 않다. 우선 충무로 영화 소재에 세대 교체 바람을 몰고 왔다. 변화하는 젊은 세대의 생활 양식을 소재로 한 영화 제작의 붐은 이 영화의 흥행 성공 이후에 일어난 현상이다. 신세대 영화 중에서도 특히 신혼 부부를 중심으로 한 로맨틱 코미디, 섹스 코미디 등의 대유행을 불러일으켰다. 1970년대 이후 제대로 맥을 잇지 못하고 있던 코미디 장르의 90년대 부활을 가져온 것이다. 주인공 미영 역의 최진실은 당시 이 영화의 이미지와 더불어 "남자는요, 여자 하기 나름이에요"라는 헤드 카피로 유명한 모 대기업 비디오 CF에서 표상되었던 '깜찍한 신세대 새댁' 캐릭터를 그 또래 많은 여성들에게 선풍적으로 유포시키기도 했다. 요컨대 90년대라는 가벼움의 시대를 향해 쏘아올려진 발랄한 소음의 예광탄 같은 구실을 했다.

'남자와 여자가 만난다는 것은' 'I Love You' 'Sad Movie' '남자란 무엇일까' '짧은 여행' '남자와 여자' '사랑이란.' 일곱 제목의 순서대로 영화는 청춘남녀가 만나 사랑하고 오해하고 화해하는 이야기로 진행된다. 이 영화의 매력은 프레임의 사각 틀을 최대한 부각시킨 사진적 미장센을 통해 영민과 미영의 청춘 숏 컷을 그리운 추억의 앨범으로 꾸며놓았다는 데 있다. 그 안에 오밀조밀하게 배치된 여러 소도구와 상황들, 이를테면 도시락에 정성껏 수놓아진 완두콩, 성에가 낀 유리창, 살포시 흔들리는 작은 커튼, 노란 나트륨 불빛, 그리고 소주병에 꽂힌 숟가락을 마이크 삼아 들고 빽빽 노래를 부르는 집들이 장면 따위는 소시민적 사랑의 소박함을 예찬하는 데 훌륭한 기능을 하고 있다. 소설가로 대성한다는 뜬금 없는 해피 엔딩이 비록 전체적인 영화의 맥락에서 비약한 느낌을 주어 아쉽기는 하나 소박한 인생 찬가의 마무리를 안락하게 처리하려는 마음에서 불가피하게 동원된 것으로 받아들이지 못할 바는 아니다. 어차피 통제된 세트 안에서 아련한 추억의 그림들을 한번쯤 상기해보는 것이 이 영화의 의도이니. 다섯번째 에피소드 '짧은 여행'은 그 점에서 작품의 백미다. 어지러운 마음, 짧은 외출, 졸음에 겨운 오후, 낯선 서울 근교 다방의 한가한 시간, 낡은 거리, 담배라는 작은

도발과 쿨룩거리는 후회. 상대적 박탈감과 소외감을 느끼는 새댁의 삐걱거리는 심상이 아름답게 표현돼 있다.

이 시퀀스는 지난 시대의 노스텔지어를 데리고 진행한다는 점에서 더 깊은 관심을 필요로 한다.

미영의 짧은 여행에 따라다니는 쓸쓸하고 고즈넉한 감정은 이전 작품인 「개그맨」과 뒤의 「첫사랑」에서도 영화의 살과 단단하게 맞물려 있는 정서적 모티프다. 「개그맨」에서 문도석이 꿈꾸는 듯한 눈빛을 하고선 엄희자의 『유리의 성』, 김종래의 『엄마 찾아 삼만 리』, 산호의 『라이파이』 『철인 28호』, 추동성의 『짱구 박사』, 임창의 『땡이』, 박기정의 『두통이』 등 대한민국 전역의 꾀죄죄한 만화가게를 풍미했던 1960~1970년대 한국 만화의 고전들을 일사천리로 읊어나가는 대목이나 이발소의 오래된 집기들을 비추는 카메라는 우연한 기획이라고 볼 수 없다. 이건 「나의 사랑, 나의 신부」에 나오는, 부엌이 분리되어 있는 허름한 셋방이나 지물포, 버스 종점, 옛 애인이 보내온 사진과 편지와 무관하지 않다. 「첫사랑」의 장독대, 지붕 위의 종이 비행기, 연탄, 영화 「애수」, 그리고 삶은 달걀, 고구마, 사이다와 같은 먹을 거리와 유사한 맥락이다. 감독이 이현세 장편 만화나 미용실 대신, 또 아파트, 백화점 의류 코너, 자가용 주차장, 컴퓨터 통신 대신, 그리고 비스킷이나 햄버거 대신 설치한 이런 요소들은 거의 다 과거의 것들이다. 이명세의 영화적 상상력이 기대고 있는 지반은 모두 과거에 속해 있다. 그러나 이런 이유로 그의 영화들이 과거 지향적이라고만 말해서는 곤란하다. 자세히 들여다보면 이런 면면들에는 우리 사회의 최신 유행과 문화적 흐름에 반하려는 강력한 의도가 들어 있다. 그렇다고 하여 이를 저항적 태도로 곧장 받아들일 수는 없겠지만, 여하튼 몽상과 유희를 자기 영화에서 최우선의 이데아로 여기는 감독이 현대 사회의 문화적 추이를 거스른다는 것은 말만큼 쉬운 일이 아니다. 확고한 주관과 지독한 고집 없이는 불가능한 일이다. 최근 관객의 추세에 비추어볼 때 그런 의도는 감성적으로 거부되고 상업적으로도 실패할 확률이 높은 것이 사실이다. 그리고 나 역시도 이 같은 작업이 항시 좋게만 보이는 것은 아니다. 다만 이명세 감독의 이러한 뜻이 일관되게 작용하고 있다는 사실만은 주목해야 할 것이다(「첫사랑」이후 그의 영화가 흥행에서 부진한 기록을 하고 있는 원인이 반드시 이와 같은 과거적 감성의 표출에 있다고 보기는 힘들다). 흥행을 위해 신세대를 목표로 기획된 영화 「나의 사랑, 나의 신부」에서도 그 같은 장치를 고집할 정도이니 말이다. 꽤 많은 영화들이 최신 유행을 좇기 위해 동분서주하고 있는 현실에 견주어, 이는 누군가 우직하게 해봄직한 의미있는 작업임에는 틀림없다.

「첫사랑」은 이명세 감독이 즐겨 사용하는 과거적 감수성, 잊혀져가는 사소한 옛 기억의 환기가 폐쇄적인 형태를 띨 때, 성숙하지 못한 모습일 때, 단지 자기 도취적인 추억에만 은닉하려 할 때, 소통 의지에 비해 소통의 수단들(이야기든 대사든 캐릭터든)이 예리하게 정련되지 못했을 때 관객으로부터 얼마나 황폐한 반응을 얻을 수 있는지를 보여주는 귀한 사례. 영신이 품는 사랑의 동경은 그 자체로 가능한 것이고 우리 모두 한번쯤 겪었을 일들이지만, 그녀의 행동거지는 수준 이하다. 첫사랑에 대한 감정의 희화화가 인물의 성격까지 변질시키고 있는 것이다. 대학생임에도 불구하고 영신은 여중생 정도의 사고 수준을 가지고 있다. 지방 소도시의 일상을 관찰하는 감독의 시선은, 섬세하고 따뜻한 한편 매너리즘적이다. '우리 읍내'에 들어온 이방인의 태도는 철지난 낭만주의자의 그것이고, 영신의 연극적 몰입은 유아적인 느낌을 자아낼 뿐이다.

「남자는 괴로워」는 내면으로의 도피가 가져온 실패를 딛고 만들어진 왁자지껄한 코미디다. 그러나 문제는 비슷하게 반복된다. 죽어서도 삐삐를 차야 할 만큼 현실에 얽매여 있는 현대 샐러리맨들의 비애. 그러나 에피소드들은 그 비애를 묘파하기에는 지나치게 무딘 것들이다. 변기적 상상력이나 유아적 인물형들은 전혀 참신하지 않았다.

IV

그의 지독한 고집이 만들어낸 영화 「지독한 사랑」은 그러한 침체에 새로운 변화의 기미로 작용할 듯이 보인다. 감정의 손길이 묻은 사물을 회고조의 감각으로 포착하고 있는 것이나, 순간의 인상으로 세계를 재구성하고 대상의 사실성에 얽매이지 않은 채 꿈과 현실을 동시에 부각시키려 한다는 점에서 그의 주제 의식은 여기 그대로 있다. 그러나 등장인물들이 스튜디오를 빠져나와 현실 쪽으로 좀더 적극 고개를 들이밀고 있다는 점에서 전과 미세하게 다르다. 교수인 유부남과 기자인 젊은 처녀의 불륜이라는 소재는 그러한 개인적 인상의 과장을 위해 필요한 장치였을 것이다. 감독은 도입부에서 미리 말한다. 누아르의 암청색 분위기를 띠는 부산 부둣가 어느 건물에서 깡패들의 난투극이 벌어지고, 유리 깨지는 소리와 함께 카메라가 옆으로 느리게 이동하면, 택시에서 영희가 내린다. 그리고 10분 뒤, 다시 거리 한 귀퉁이에서 패싸움이 벌어지고 그 곁에 영민이 보인다. 두 사람은 부둣가의 일상 바로 근처에 있다. 진공이 아니다. 이건 또 다른 현실이다라고 감독은 전제한 것이다. 그 현실의 주인공은「첫사랑」의 창욱과 영신처럼 치기 어린 감상에 둘러싸여 있지 않다.「남자는 괴로워」처럼 천상과 지상의 경계를 뛰어넘는 영화적 비유로 상황을 헤쳐가지도 않는다. 겨울 바닷가에서 두 달 동안 동거하는 식으로 도피할 뿐이다. 주목할 것은 여기서 영화가 그들이 만나 친해지기까지의 과정을 과감히 건너뛰고 곧장 둘이 맨살로 뒤엉켜 서로의 몸을 탐하는 장면으로 넘어간다는 사실이다. 왜냐하면 이건 애시당초 사랑의 '순간'을 보여주려고 작정한 영화이기 때문이다. 가령 우리가 한때 뜨겁게 사랑했던 누군가를 회상한다면, 아마도 우리의 기억에 남은 대부분의 추억은 연애 과정 내내 우리를 몸살나게 했던 사랑의 실랑이에 가까울 것이다. 「지독한 사랑」은 그런 과거의 순간순간들에 대한 회상의 이미지로 가득 찬 영화이다. 그래서 영화는 영민과 영희가 서로 친해진 이후, 다투고 헤어지고 그리워하고 만나서 한데 뒹굴고 또 싸우고 욕하고 다시 이별을 선언하는 그런 실랑이의 과정으로 이루어졌다.

실랑이 끝에 두 사람은 도시 근처 한적한 바닷가로 도피한다. 도피처이므로, 그 바닷가 방갈로에는 현실과 환상이 교차한다. 두 사람은 거기, 감정의 독주와 실존의 불안이 엇갈리며 넘실대는 지점에서 한량없이 떨고 있다. 비행기 한 대만 날아도 천지가 뒤흔들리는 위험한 사랑을 앓으면서. 카메라는 둘의 정사를 몰래 훔쳐본다기보다 흘끗 들여다보고 넌지시 지켜보는 시점을 유지한다.

관객은 인물에게 동일시되는 듯하다가 멈추고 멈춘 듯하다 다시 다가가게 된다. 그건 영민과 영희의 우스꽝스러우면서 쓸쓸한 관계에 잘 어울리는 시선이다. 영화는 이 두 달 동안의 우습고도 쓸쓸한 동거 기간에 초점을 맞춘다. 먼지가 풀풀 날리는 낡은 방을 말끔히 닦고, 지붕도 수선하고, 하나

둘씩 집기를 장만하고, 아궁이에 불을 넣어 온기를 불어넣은 다음, 자 이제 그들은 행복해하는가? 얼핏 모든 가재도구는 앙징맞아 보이고 그 안에 머무는 불륜의 연인은 행복한 것처럼 보인다. 그러나 주의깊게 보면 아기자기하게 꾸며진 사물과 사물 사이, 영희의 회사와 셋방 사이, 영희와 영민 사이에는 의외로 커다란 틈이 벌어져 있음을 알 수 있다. 먼저 사물과 사물 사이를 들여다보면, 감독이 즐겨 쓰는 스튜디오 세트는 여기서 두 가지 효과를 같이 낸다. 하나는 사물들을 바라보는 두 남녀의 따뜻한 시선, 즉 꿈처럼 따뜻한 이미지이고, 다른 하나는 그것이 지닌 인공 모조품 특유의 날림으로 급조된 이미지이다. 꿈이면서 현실인 이 이미지들은 주인공의 심리와 주인공을 둘러싼 현실의 성격을 정확하게 반영한다.

그 다음, 회사와 셋방 사이에는 폐허가 있다. 카메라는 그 아늑한 신혼(?)의 셋방을 빠져나가 바로 곁에 있는 을씨년스러운 창고를 훑어나간다. 그들이 행복해하는 시시때때로 말이다. 그래서 영희와 영민 사이에는 깔끔한 신접 살림과 온 지구를 뒤흔드는 진동이, 또 사랑에 취해 흐느끼는 알몸과 두려워 떠는 불안이 겹을 이루며 뒤섞여 있다.

이는 영화를 영화로, 즉 그림자 놀이로 만들던 예전의 방식과는 다소 다른 것이다. 물론 인연이라든가 의식에 남아 있는 대상의 추억을 새로이 떠올리게 한다는 점에서 천국과

굳이 비유하자면 이전까지의 영화는 소소한 세밀화. 여기선 붓 터치가 훨씬 과감해졌
다. 몽상과 현실의 근접 조우. 그럼에도 영화는 불륜이라는 현실적 제재를 데리고 노는
꿈, 깨고 나면 모든 위태로움이 사라지는 그런 안전한 놀이에 머문다.

지옥의 느낌을 한꺼번에 포착하는 양식적 기법은 일관된다. 그러나 그 몽상의 세계 안에 있는 현실의 비통한 이미지는 전보다 더 흉측하게, 더 삶에 가까운 몰골을 하고 있다. 이명세 감독은 지금 과거의 주제 의식과 스타일을 그대로 간직하면서 갈 수 있는 어떤 새로운 길을 모색하고 있는 것이다. 현실을 단촐하게 희화화한 기호로 정리하는 것을 이명세 영화의 유일한 장점으로 본다면 이건 위험한 풍경일 수 있다. 그러나 출구를 마련하기 위한 시도로서 이런 작업은 오랜 시간 지켜볼 가치가 있다.

다만 일상에 대한 감독의 독특한 묘사가 어느 틈에 신선함을 잃어가고 있다는 점은 지적해야 할 것이다. 감독은 오직 둘의 앓는 몸에 주목한다. 그 몸은, 감독의 전략에 따라 순간의 인상에 의지해 드러난다. 그래서 몸은, 몸이 아니라 몸의 이미지, 세계는 세계가 아니라 세계의 느낌인 것이거늘, 「지독한 사랑」이 더 지독한 열병의 나락으로 떨어지지 못한 이유를 나는 여기서 찾는다.

팬시 상품을 연상시키는 소품들의 집합이나 그와 충돌하는 거리의 차가운 이미지는 그 자체로 어떤 불륜의 한 순간에 영회와 영민이 느꼈을 법한 마음의 상태를 충분히 밝혀주지만, 그 이상의 느낌을 던지지는 못한다. 유리창, 창밖의 달, 달빛이 드리워진 골목길, 그 길 어귀에서 기다리는 사람 따위의 이야기를 이끄는 장식이나, '내가 (다른 누구 아닌) 그때(바로 그때) 본 것을 당신도 느끼라'는 강조(클로즈업)의 언어는 관객의 가슴에 스며들기에는 이미 차갑게 식어버린 동어 반복의 이미지다. 스태프 프린팅과 급격한 삽입 장면을 제외하면 영화의 수사학은 과거 그의 영화에서 숱하게 활용한 것들이다. 서정성의 백미를 맛보게 하는 마지막 정사 장면 역시 그 빼어난 충돌의 이미지에도 불구하고 그러한 지적으로부터 온전히 자유롭지는 못하다. 일종의 성스러운 의식처럼 카메라는 그들을 창문 밖에서, 프레임 안의 프레임으로 잡고, 둘은 그 안에서 힘겹게 방의 끝과 끝을 오간다. 둘의 숨소리는 창밖 눈보라에 가려 들리지 않고, 보이는 건 겨울 방안에 놓인 어떤 불륜 남녀의 알몸뿐이다. 장면 전체를 휘감으면서 느리게 관객의 귓속을 파고드는 배경 음악은 편곡한 「봄날은 간다」이다. 그렇게 그들의 불륜의 봄날은 간 것이다. 욕망의 폭포수 같은 분출을 아름답게 절제한 이 장면은, 그러나 지독한 사랑의 유희, 뼈아픈 이별의 예감, 절절한 육체적 행사로까지 상승하지 않는다. 그래서 영화는 뒤로 갈수록 자꾸 그들의 사랑이 폐허의 사랑이었음을 질질 끌며 강조하는 것처럼 보인다. 지독한 사랑이 반드시 "몸의 캄캄한 동굴에 꽂히는 기차처럼 시퍼런"(채호기, 「지독한 사랑」, 『지독한 사랑』, 문학과지성사, 1992) 이미지여야 할 까닭은 없지만, 인생의 비밀을 '순간의 인상'으로 보여줄 작정을 한 감독이 다른 언어, 다른 느낌의 몸을 만나지 못한 것은 큰 아쉬움이다.

「개그맨」에서 「지독한 사랑」까지 이명세 감독의 영화는 사람에 비유하자면 철들 무렵의 소년 같다. 조소가 아니다. 철들 무렵에나 비로소 느낄 법한 감정의 의례들, 그 확대된 심상을 그는 유쾌한 몽상의 형태로 드러내고 있다. 나는 철 들지 않은 그의 영화를 좋아한다. 그러나 아주 철부지는 말 고, 철이 들어가는 과정에 있는 그런 나이의 회상과 꿈과 좌 충우돌의 사색을. 그의 영화에 쓸쓸한 이미지가 짙게 배어 있는 까닭이 여기 있다고 나는 본다. 그의 영화의 지배적인 분위기는 사춘기를 넘는 단계에서 나올 만한 '고백투'이다. 그때 사실 나는 이랬어, 라는 감정의 진술한 고백.

그걸 유치하다고 욕할 수만은 없다. 우린 모두 그런 시절 을 거쳐오지 않았는가. 그의 영화에 현실이 보이지 않는다고 비판하는 것도 설득력이 없다. 현실을 보려면 다른 감독의 영화를 볼 일이다. 그는 비현실을 보여줌으로써 현실 밖으로 쿵쾅거리며 달려나가는 인간과 세계의 심장을 꿈꾸게 한다. 이명세의 작업은, 단지 그것이 희귀하다는 이유에서가 아니 라, 미처 피하지 못한 채 저 뒤에 처져서 헉헉대고 있는 현실 의 한계들을 '꿈 같은 한 순간의 도피,' 그 철없어 보이는 짓 거리를 통해 부감한다는 점에서 의미있다. 이제는 아무도 철 들 무렵의 영화를 만들려고 하지 않는다. 그만 남아 있다.

소수 집단의 영화를 위하여

배창호에서 임순례까지

들뢰즈와 가타리는 소수 집단의 문학이 소수 집단 언어의 문학을 가리킨다기보다 지배 집단의 언어권에서 소수 집단이 지탱해나가는 문학을 가리킨다고 밝힌 바 있다. 이 글은 소수 집단의 영화를, 이와 비슷한 점이 아예 없지는 않으나 다소 다른 의미로 쓴다. 이주민·이방인·유목민·보헤미안 등 이리저리 유랑하는 탈영토화한 민족의 개념보다는, 그리고 유랑함으로써 언어를 유목민의 그것처럼 활용하는 자세보다는, 지배 권력의 세력내에서 억압받는 소수의 분열적 집단에 주목하는 영화로 치우쳐 말하려 한다.

꽤 많은 우리 감독들이 사회적으로 이방인처럼 존재하는 이들을 영화의 주된 캐릭터로 활용하고 있는 것은 분명 한국 영화계의 한 특성이다. 그건 한국 영화 감독의 위상이 현대사를 통해 전혀 안정적이지 않았다는 점에서 제작자 주체의 계급적 배경으로 볼 수도 있고, 외국 영화의 경우는 다르지만 한국 영화를 관람하는 관객층이 일제하는 물론 1960~1970년대 이후에까지 대개 서민들이었다는 점에서 대상의 계급적 원인으로 돌릴 수도 있다. 혹은 멜로드라마나 코미디 등 한국 영화 장르의 태반이 서민 가족의 애환을 이야기 배경으로 삼아 대중들의 인기를 모았다는 점에서 흥행에 따른 제작 관성의 원인으로 말할 수도 있다. 또 지배자보다 피지배자의 생존을 형상화하길 즐겨하는 우리 민족의 예술적 심성의 어떤 면이 영화라는 대중적 매체에 작용했을 수도 있을 것이다. 여하튼 이 모든 이유들이 엉겨붙어 이제 우리 영화의 특성을 형성하게 되었다. 여기 모인 여섯 감독 — 배창호 · 박철수 · 여균동 · 김홍준 · 홍상수 · 임순례는 적극적인 방식으로 이 특성을 자기 영화의 육신으로 삼고 있다. 그 점에서 이 감독들은 소외 계층의 영화화라는 한국 영화의 중요한 주제 혹은 맥을 잇는 이들이 아닌가 싶다.

배창호 감독의 영화는 그의 인상만큼이나 부드럽고 따뜻하다. 한 작품이 세운 공적 구조를 감독이라는 좁은 공간에 우격다짐으로 편입시키는 것은 단순하고 위험한 작업이지만, 배감독의 경우는 환원주의라는 비판이 무색하리만큼 그러한 연결이 어색하지 않다. 데뷔작인 「꼬방동네 사람들」(1982)부터 「그해 겨울은 따뜻했네」(1984), 「안녕하세요 하나님」(1987), 「기쁜 우리 젊은 날」(1987) 등 그의 영화가 다룬 대상이 주로 서민들의 애환이나 사회 · 경제적으로 소외된 존재들의 소소한 일상적 풍경인 것도 한 요인이랄 수 있다. 또 소심한 대학생, 거지, 벙어리, 달동네 주민, 뇌성마비 청년, 떠돌이 임산부, 불법 이민자, 노총각 등 주인공들이 현대 사회에서 전혀 중심부에 있지 않은, 유약한 존재들이라서 그렇기도 하다. 그러나 더 큰 이유는 장면과 장면 사이에, 컷과 컷 사이에 겹겹이 놓여 있는 '무수한 망설임'에 있다. 그의 영화는 단호한 결정이나 강력한 추진력 따위와는 거리가 멀다. 적극적으로 판단하고 활동적으로 실천하는 대신 주인공들은 고민하면서 우물쭈물하고 자꾸만 지체한다. 그건 소수자들의 심약한 미련 혹은 유동성과 잘 맞는 속성이다. 그리고 서사 구조를 사실상 이끌어나가는 주요 구성 인자이면서도 왠지 모르게 내러티브 바깥에 있는 것처럼 여겨지는 어떤 정겨운 체험이고 느낌이며 이미지이다.

「기쁜 우리 젊은 날」은 이를 아름답게 체화한 영화다. 영민의 망설임은 사랑 앞에서 수줍게 머뭇거리던 그 시대 청춘의 자화상이었다. 형식과 내용이 미세하게 균열을 일으키기는 하나, 한 영혼의 순결한 절망과 평화를 드러내려 한 감독의 의지는 이런 흠에 가려지지 않았다. 유치하다고 말하면 그건 지나치게 잔인한 태도다. 우리에게 이런 코미디가 있다는 건 자랑할 일이다. 여기서 주관적 시점 숏과 롱 테이크에 대한 실험은 이 영화를 충분히 이색적인 코미디로 만들고 있다. 영민이 데이트 신청에 성공하고 시장통을 들어가는 장면에서 우린 그의 심상을 대번에 알아차리게 된다. 카메라는 흔들리는 들고 찍기로 불안하게 움직이면서 영민의 시점으로 전진한다. 주변에 있는 시장 사람들이 그에게 한마디씩 건네는데 도무지 그의 귀엔 그런 말이 들어오지 않는다. 자신이 마음속에 품고 그리워하던 여학생과 방금 전에 데이트 약속을 했기 때문이다. 기분이 들뜬 것이다. 그의 시점으로 포착된 카메라는 그래서 이렇게 둥실둥실 떠다니는 느낌을 준다.

영민이 레스토랑에서 혜린을 만날 때도 역시 카메라는 주관적 시점으로 촬영됐다. 안경을 바로 앞에 둔 숏. 맥주를 마시는 숏. 안경 너머로 보이는 혜린 숏. 첫 연애의 황홀함과 두근거리는 심정을 감독은 여러 겹으로 분절한다. 숫기없는 대학생이 직장인이 되지만 그의 사랑은 변하지 않는다. 망설이고 쩔쩔매고 허둥대는 모습 또한 변하지 않는다. 시골 소년처럼 머뭇거리는 젊은 날의 순애보는 훈훈하다.

「깊고 푸른 밤」(1984)은 불법 이민자의 그늘진 초상에 우리의 삼촌과 형, 누이의 얼굴을 겹쳐놓고 있다. 백호빈과 제인의 침묵으로 영화는 차가운 화조를 띠지만, 그 묵언 뒤에 망설이는 심정을 은밀히 넣음으로써 그들의 내면은 끓어오르는 이미지로 솟는다. 냉정하게 잘린 화면 구성은 이 이미지를 차단한다. 그러나 부단히 차단함으로써 그 열기는 증폭된다. 멜로드라마식의 과장된 결말이 아쉽지만 개봉됐을 당시 영화의 첫인상은 '모던' 했다. 그 무렵 종로와 명동을 휩쓸던 '바람난 아줌마' 물로부터 배창호는 얼마나 멀리 떨어져 있었던가. 「황진이」(1986)에서 「꿈」(1990)까지 감독은 한국 영화사에서 유례를 찾기 힘든 실험에 매진했다. 경제적으로 곤궁했겠지만 이 작업은 후배들의 전범이 되기에 족하다. 「꿈」에서 조신과 달례의 망설임을 깊이 지켜보던 카메라 워크는 욕망에 찬 인간의 내면을 겨냥한 딥 포커스이지만, 이를 오랫동안 바라보는 시선은 말하자면 충무로 현실에 대한 거부의 롱 테이크였다. 「꿈」은 인간의 원초적 욕망에 관한 영화이며 욕망의 백일몽에 관한 영화다. 조신은 달례를 본 그 순간부터 욕정의 번뇌에 사로잡힌다. 성욕·소유욕, 아니 남의 애인을 빼앗고 싶은 갈취욕 그리고 도피의 욕구, 이는 조신의 생을 피곤한 도주의 생으로 연결시킨다. 달례는 조신의 욕망의 희생자인가? 반드시 그렇다고 할 수는 없다. 혼인을 앞둔 달례는 모종의 배신욕을 성취시킨 것이다. 그러나 그 결과는 참담하다. 그녀 역시 가파른 일생을 보내게 되는데, 이때 배신의 욕망은 조신에 대한 저주·경멸·희롱으로 이어진다. 조신의 꿈은 독한 향기를 뿜어내는 눈부신 욕망의 유혹에 잠식되어 한껏 상승하다 마침내 취기가 깨어 아스라히 추락하는 내용이다. 그는 하룻밤에 지상의 만리를 다녀오고 인생 삼십 년을 산 것이다.

사실 배창호 영화의 주인공들은 언제나 욕망의 문턱에서 서성거리는 인물들이다. 욕망을 성취하기엔 그들의 처지가 너무 미미하고 포기하기엔 그 꿈이 너무 간절하여 그들은 갈등한다. 우왕좌왕하다 꺽꺽거리며 우는 그 갈등은 인간적이다. 그의 영화가 따뜻한 느낌을 주는 이유가 여기에 있다. 그

열정은 물론 20대의 전유물이 아니다. 감독은 온갖 열병을 다 앓은 뒤 맥이 쑥 빠져버린 세대에게 다시 순수를 갈망할 것을 주문한다. 문제는, 복고적 주제가 아니라, 낡은 페르소나, 뒤진 감각, 지리멸렬한 이야기 장치다. 새로움이란 연배에 상관없이 창조되어야 할 예술의 과제다.

러나 '따뜻한 영화'는 '순진 하기 짝이 없 는 영화'가 아 니다. 「러브 스토리」(1996) 는 순진한 영 화다. 「천국의 계단」(1992)과 「젊은 남자」 (1995)처럼 영 악한 영화는 그에게 맞지 않는다. 그 실

패에 대한 보상으로 예전의 주제를 복원시킨 듯한데, 문제는 복원과 복귀를 감독이 편하게 생각하고 있다는 점이다. 그래 서 감독은 「기쁜 우리 젊은 날」의 압운 구조를 비슷하게 되 풀이하고, 당시의 캐릭터를 똑같이 재연한다. 또 옛날처럼 거리를 헤매는 컨벤션을 배치한다. 하지만 그때의 주제는 10 년이 흐른 지금 다른 스타일로 풀렸어야 한다. 옷을 제대로 챙겨입지 못하는 남자와 이를 돌봐주는 여자는 순정적이기 는 하나 낡은 페르소나다. 감독은 바닷가, 유원지, 포도농장,

벼룩시장, 고서점가를 전전하지만 여긴 생활의 공간이 아니다. 그는 「천국의 계단」 이후 아직도 방황하고 있는 것이다. 나는 「러브 스토리」에서 하성우 감독이 만들고자 하는 영화에 반대한다. 질박하지만 안이하기 때문이다. 진정성을 '포장해서' 내미는 건 가식이 아니라 형상화이다. 리얼리티에 대한 오해로 인해 예술이 지녀야 할 무기를 포기한다는 건 어리석을 정도로 답답한 일이다.

배창호는 벌써 실험을 포기할 만큼 늙지는 않았다. 그건 새로운 방식으로 연장될 수 있다. 돈이 되지 않는 영화라고 반박할 수도 있을 것이다. 물론 피할 수 없는 명분이다. 그러나 자기 인생을 걸고 영화를 만들 작정을 한 감독이라면 이 정도의 명분을 넘어설 지혜와 의지가 있지 않겠는가.

배창호 감독이 부진에서 탈피하지 못하고 있는 사이 박철수 감독은 새로운 실험에 몰두하고 있다. 그의 변화는 1995년에 선보인 「301·302」를 기점으로 한다. 그는 우선 충무로 제작 시스템에서 벗어나 독립 제작 체제를 출범시켰다. 데뷔 이후 줄곧 집착해왔던 멜로드라마의 궤도와도 과감히 단절을 선언했다. 영화 만들기의 관성과 특유의 결벽증이 빚은 이야기 구조의 완결성, 혹은 수미일관한 구성에도 더 이상 미련을 보이지 않았다. 대신 내러티브의 사실적인 생생함이 아닌, 표현주의적 스타일로 상황에 대처하고, 이미지로 세계

입과 자궁, 한 사람은 마구 벌려 쉼없이 무언가를 넣으며, 다른 한 사람은 꽁꽁 막고 절대로 열지 않는다. 내가 받아들일 수 없는 세계를 누구는 구토하고 누구는 먹어치운다. 자폐증, 거식증, 탐식증, 카니발리즘까지 감독의 변신 의지는 도발적이다. 그러나 멜로드라마적 눈치보기가 이 실험을 방해한다.

를 해석하고 욕망을 풀어내는 데 집중할 뜻을 밝혔다. 이 변화는 몇 가지 점에서 우리의 관심을 끈다. 그 관심의 일단은 충무로와 관련이 있다.

　박철수는 무풍 지대로 통하는 충무로에서 나고 자란 감독이다. 「골목대장」(1978), 「밤이면 내리는 비」(1979), 「들개」(1982), 「어미」(1985), 「헬로 임꺽정」(1985), 「안개기둥」(1986), 「오늘 여자」(1987), 「접시꽃 당신」(1987), 「오세암」(1989), 「물위를 걷는 여자」(1990), 「서울 에비타」(1991), 「우리 시대의 사랑」(1994)이 거기서 완성됐다. 그 감독이, 쉰을

고향 장례식에 보낸 핸드 헬드 카메라가 활달하다. 생생한 움직임으로 현장을 기록하면서 인간사의 희비극을 포착한다. 한데 쾌활함이 지나쳐 영화는 다소 들떠 있다. 다듬어지지 않은 통속적 에피소드들이 장식적인 액세서리처럼 영화를 어지럽힌다.

바라보는 나이에, 그 정체된 공간에 새로운 환기구를 만들고 있다. 그의 변신은 이곳에 어떤 균열을 가져올 것인가. 단지 충무로 태생이라서가 아니라, 최근 후배 감독들과 연대 의지를 보이는, 충무로의 생리를 익히 알고 있는 중견 감독이라서 그의 작업은 주목할 만하다.

그의 변화는 젊은 감독들의 그것과 또 다르다. 젊은 감독들이 관객의 구미에 맞는 판매 전략을 세우는 동안 그는 상업 영화의 틀 안에서 배용균식의 존재 조건을 실험하고 있다. 「301·302」와 「학생부군신위」에서 그는 젊은 감독들보다 더 과격하고 더 '풍기문란한' 의지를 과시했다. 그의 의도 여부와 상관없이, 시스템 · 작가주의 · 아방가르드적 실험 정신에 관한 고민이 그를 통해 수렴 · 확산 · 제기됐다. 우선 「301 · 302」에서 박철수는 캐릭터의 상징성과 스튜디오의 제한 공간에 실험의 초점을 맞춘다. 걸식증에 걸린 301 여자와 거식증에 걸린 302 여자는 각각 강요와 저항을 상징한다. 한쪽은 뒤틀린 욕망을 과시하고 다른 쪽은 아무 것도 투과시키지 않고 오로지 구토와 배설로 자기 존재를 증명한다. 폐쇄된 푸른 청동빛 실내, 새희망 바이오 아파트 3층 1호실과 2호실은 이런 두 유형의 공포를 전시하는 시험관이다. 그 안에서 박철수는 강간의 악몽에 시달리는 여성의 침체된 내면과 남편으로부터 벗어난 여성의 도착된 의지를 충돌시키려한다. 그 충돌의 위험성, 그리고 전위성은 식욕과 거세욕을 의사 소통의 수단으로 삼아 우정 교류시킨다는 데 있다. 하지만 감독은 이를 더 그로테스크하게 밀고 가 마침내 정면으로 충돌시키지 못했다. 두 여인이 체험한 피해의 근원을 감독은 멜로드라마적인 관습에 맞추어놓는다. 또 닫힌 공간이 주는 두려운 밀폐감을 그는 이겨내지 못하고, 배우보다 먼저 밖으로 나가 구구절절한 세트를 들여온다. 301과 302는 충돌하지 못하고 엇갈린다. 응축된 긴장은 풀어지고 인육을 먹는다는 상징은 드라마의 엽기적인 충격 요법으로 전락해버린다. 윤희는 가부장에 의해 강간당했던 자신의 과거를 회상함

으로써 공포의 전위적 실험이 주는 위험으로부터 빠져나간
다. 이로써 감독은 멜로드라마적 감성에 젖어 있던 자신의
오랜 타성을 향해 플래시 백한다. 실험은 실패했다.

「학생부군신위」는 어떻게 보면 기왕의 한국 영화를 장례
치르고 거기서 다시 화해를 꾀하려는 듯이 읽힌다. 형식은
파격적이었다. '들고 찍기'는 쾌활하되 미장센을 놓치지 않
았다. 감독은 선동주의적인 카메라 움직임으로 장례식 고유
의 활기와 우울, 산 자들의 끈질긴 욕심과 본능의 우스꽝스
러움을 복원해놓았다. 그러나 그는 문상객을 너무 많이 불렀
다. 착한 둘째며느리, 이기적인 큰며느리, 거드름 피우는 의
붓동생, 속물적인 고모 등 캐릭터와 그들의 사연은, 총체적
이고 함축적이기보다 나열적이고 평면적이다. 마을 어귀서
부터 신발을 벗어들고 곡하며 뛰어가는 빛나는 장면들도 많
으나, 명절날 으레히 방영되는 '효심' 주제의 드라마처럼 결
말은 너스레에 가까웠다. 박철수의 혁명은 좀더 은근하고 은
밀해질 필요가 있다. 관습의 질서를 교란시키려면, 피투성이
가 되려면, 달관에 대한 집착을 버릴 필요가 있다. 세속적으
로 뒹굴되 그에 대한 '세속적인' 평가에 일희일비하지 않을
일이다. 몇몇 인터뷰에서 박감독은 "눈치보지 않고, 맘대로
'이상한 영화'를 찍고 싶다"고 밝혔다. 분명 낭만적인 격정
의 토로는 아닐 것이다. 실험할 만한 절실함, 이상한 영화를
찍어야만 될 절박함까지 머금은 말일 터이다. 그 의지가 충

무로에서의 일탈로 그치지 않고 충무로를 향한 일탈로 이어
지기를 바란다.

　젊은 감독 김홍준과 여균동은 데뷔작에서 떠돌이 뜨내기
와 일용직 노동자, 범죄자, 거리의 여자 등 뒷골목에서 부유
하는 인생의 이야기를 다루고 있다. 그리고 '광기와 코미디'
로 뒤범벅된 우리의 지난 한 시절을 배경으로 삼는다. 이런
사실은 눈길을 끌 만하다. 역사적 무중력성에 힘입은 코믹성
멜로드라마가 최근 들어 범람하고 있다는 현상적 사실과 비
교해서도 그렇지만 80년대의 상처에 대해 곧장 파고들거나
살균된 상태의 어떤 구호를 도출하지 않고 있다는 점에서도
주목할 필요가 있다. 그들은 우회의 길을 택한다. 먼저 시공
간이 전이된다. 김홍준의 「장미빛 인생」(1994)의 배경 공간
은 당대의 중심 '현장,' 예컨대 광주나 농촌, 공장이나 대학
가가 아니라 우리 주위에 숱하게 널려 있는 '외곽'으로서의
가리봉동 지하 심야 만화 가게다. 여균동의 「세상 밖으로」
(1994)는 영화의 서사적 시간을 90년대 어름으로 설정하고
있다. 「세상 밖으로」에서 80년대는 일종의 에피스테메로서
만 간직될 뿐이다. 거리상으로 동떨어져 있고 시간상으로도
한참의 간격을 지님으로써 관객은 80년대 초중반이라는 폭
력의 현장에서 다소 멀찌감치 거리를 두게 된다. 일종의 소
격 효과로서 환경 설정이 이루어진 셈이다. 감독의 의도대로

관객은 영화가 진행되면서 폭력과 광기가 난무하는 터전에서 몇 발자국씩 뒤로 물러나 관찰자의 시점을 유지한다. 스크린 위로 언뜻언뜻 스쳐가는 '카오스의 시대'와 주인공들은 아무 상관이 없는 듯하다. 덕분에 관객은 그 시절과 거리를 갖게 된다. 주변부의 따라지 인생에 호기심을 보이거나 더러 우스꽝스러워하면 될 뿐이다. 한데 이 여유만만한 관람 자세는 영화의 중반부를 넘어서면서 점차 흔들리기 시작한다. 이를테면 「장미빛 인생」에서 황동팔이 경찰의 은밀한 제안을 받고 갈등하는 대목이나 「세상 밖으로」에서 TV 뉴스가 문성근·이경영·심혜진을 북으로 몰고 갈 즈음부터 관객은 이들 영화가 결코 지난 시대의 그 엄혹한 풍경에서 벗어나 있지 않다는 사실을 깨닫게 된다. 영화의 서사가 착지한 공간과 실제 역사의 간격은 단박에 좁혀지며 관객과 스크린 사이의 안전막도 일시에 허물어진다. 그 시절의 상처는 삶의 '외곽'에 시간의 격차를 넘어 온존하고 있음을 알게 되는 것이다. 김홍준과 여균동의 강점은 그들이 역사 밖의 터전에까지 역사의 상흔을 데려오는 능력을 보여주었다는 데 있다. 이건 내부의 시간이 외부와 겹쳐 있고, 한국 사회에서는 안과 밖이 따로 분리되어 있지 않음을 밝힌 작업이다. 아무리 날뛰어도 황동팔이나 문성근은 상처의 원공간으로서의 그때로부터 자유롭지 못하고, 또 개인사에 내밀히 침투한 그 시간의 폭력에서 놓여나기 힘들다. 80년대와 90년대의 분리는 이 영화에서 무의미해진다.

「장미빛 인생」은 주요 모티프를 만화에서 가져온다. 만화 포스터, 만화 제목, 배경 음악, TV 등은 등장인물의 심리와 위상을 빗대는 오브제다. 동팔은, 그가 들어올 때 가게 입구에 있는 포스터『불청객』이 암시하듯 손님들에겐 위협적인 불청객이다. 당시 유행가 "난 네가 기뻐하는 일이라면 뭐든지 할 수 있어"는 동팔의 뒤를 좇는 배경 음악이다. 이 노래로 동팔은 이현세 만화『공포의 외인구단』의 불운한 청년, 까치가 된다(최재성은 실제로 이장호의「공포의 외인구단」에서 까치 역을 맡았다). 그의 이미지는 의리와 주먹, 고독으로 채워져 있다. 마담은 '엄지만화방' 여주인이다. 그녀는 청순하나 비극적 인상을 간직한 여인이다. 따라서 엄지로 화한 마담과 까치 동팔이 서로 사랑하게 되는 것은 당연하다. 이제 까치는 엄지가 원하는 건 '뭐든지 할 수 있' 다. 동네 '어깨'들을 잠재우고 부서진 가게를 수리하며 엄지 동생 기영이 무사히 탈출하도록 기꺼이 자기 목숨을 내민다.「장미빛 인생」은 만화 '까치' 시리즈를 골자로 하면서 필름 누아르의 분위기와 갱스터식 내러티브, 멜로드라마적 장치들을 십분 활용하고 있다.

가리봉동의 지하 만화방이라는 잿빛 공간에 네 인물이 모인다. 조직 폭력배를 살해했다는 누명을 쓰고 쫓기는 깡패 동팔, 공장에 위장 취업을 했다가 현재 수배를 받고 피신해 있는 법대생 기영, 정치 체제를 빗댄 무협소설로 역시 수배자가 된 작가 지망생 유진 그리고 이 세 명의 도망자들 중심에 있는 마담으로 통하는 만화 가게 여주인. 이들은 각각의 인물들이 상징하는 바 룸펜과 지식인 운동권, 수배 학생, 영세민 등 소외된 계층의 속성을 대표하고 있다. 이들은 문제를 해결해나가는 핵심 주체가 아니라 환경에 둘러싸인 안티히어로들이다. 카메라는 일관된 흐름으로 이들을 비명 도시 안에 에워싼다. 스크린에 붙잡힌 세상은 사각 앵글 속에 갇힌 세상이다. 마담이 선을 보러 간 곳은 '전망 좋은' 호프집이지만, 화면은 창밖으로 펼쳐진 넓은 초원을 담는 대신, 두 남자와 한 여자의 밀폐된 웨이스트 숏만을 고수한다. 동팔이 기영에게 장밋빛 꿈, 장밋빛 인생을 이야기할 때 카메라는 수증기로 가득 찬 사우나탕의 차단된 유리창 앞에 멈춰서 있다. 유진과 미스 오의 어설픈 정사는 어두운 여관, 검은 방, 누런 전등, 이미 끝나버린 TV의 지지직거리는 소음 아래서 벌어진다. 동팔은 사랑과 의리를 위해 권력을 등진다. 대가는 죽음이다. 새로 단장한 만화방의 고사상에 제물처럼 던져질 때 카메라는 흔들리는 들고 찍기의 기울어진 영상으로 동팔의 죽음을 예언하고 있다. 하늘이 여전히 잿빛인 어느 날 만화방 옥상에서 그는 거짓 인질극을 벌이다 경찰이 쏜 총에 죽는다. 어이없는 결말을 마련한 게 흠이지만 동팔의 머리 위로 굉음을 던지며 날아가는 회색 비행기를 창백하게 잡아

낸 것은 80년대의 현실과 맞물려 비정한 기분을 더해준다.

여균동은「세상 밖으로」에 나오는 등장인물의 삶과 여정, 캐릭터를 널리 알려진 다른 영화의 뼈대 속에서 추출한다. 남자 둘에 여자 하나, 이름하여 '3인 1조'는 로드 무비의 전형적인 남녀 성비(性比)이자 떼강도의 최소 기준치다. 이들이 은행을 털러 들어갔을 때는 우디 앨런의「돈을 갖고 튀어라」의 은행 강도 대목이, 주유소 자판기 사건부터는「내일을 향해 쏴라」의 서사 구조가, 그리고 대단원 이전의 화물 열차 시퀀스는「박스카 버사」의 동일한 장면이 영화「세상 밖으로」속으로 뒤섞인다. 물론 핵심은「내일을 향해 쏴라」다. 영화의 진행 과정은「내일을 향해 쏴라」와 비슷한 맥락으로 전개되는데, 특이한 건 이들의 진로가 남에서 북으로 거슬러 올라간다는 정황이다. 따사로운 남쪽을 향하는 기존 로드 무비의 구조를 여균동은 비틀고 있다. 여행을 통해 생의 의미를 얻는 따위의 장치는 이 같은 전복의 구조 속에서 애시당초 존재하지 않는다. 그들은 길을 지나침으로써 자유를 얻는 게 아니라 점점 위축된다. 욕설이 난무하는 과격한 농담에서 출발해 결코 장난이 아닌 결말로 막을 내리는 이 구조는 참으로 독특하다. 세상 밖을 향하는 삼인조의 탈주가 실은 세상 밖으로 쫓기고 내몰리는 길인 것이다. 그러나 감독은 이 좌절의 여정을 외면상으로는 차츰 더 활기 띠게 꾸밈으로써 얼핏 여타 영화의 도피 구조를 뒤따르는 척한다. 그리하여

욕설의 공개? 아니다. 한국 영화에 욕과 육담은 난무했다. 이 영화의 장점은 욕의 유쾌한 카타르시스, 그 시원한 배설감에 관객이 적극 동참했다는 사실이다. 세상에 감자를 먹이고 밖으로 달아나고 싶은 이가 어디 세 사람뿐이겠는가.

영화 후반부, 그들이 고립되는 상황을 더욱 강화하고 있다.

장르의 부드러운 넘나듦을 통해 김홍준과 여균동은 영화의 지배 정서를 폭넓게 만든다. 특히 「장미빛 인생」의 인물들은 엄지와 까치라는 상징적 익명이면서 동시에 박광수 영화의 주인공(동팔·기영) 이름을 차용하여 비슷한 연배인 동시대 감독의 작업을 겨냥한다는 의미도 띠고 있다. 「세상 밖으로」의 인물들이 쓰는 본명은 그들이 이전 영화에서 맡았던 역을 상기시키면서 한편으로는 미니멀리즘적 캐릭터로도 읽힌다. 즉 극소량의 경제적 구도에 둥거운 역사를 삼투시킨 듯한 뉘앙스를 「세상 밖으로」의 세 인물은 보여주고 있다.

이들의 두번째 작품은 전작에 비해 초라하다. 여균동은 「맨?」(1995)에서 분방한 의지를 제한된 상상력 안에 가두었다(분방한 상상력과 제한된 여건이 아니다). 김홍준의 「정글 스토리」(1996)는 단순하고 앙상해졌다. 그러나 리얼리티를 최대한 살리고자 하는 의도는 곳곳에서 엿볼 수 있다. 「장미빛 인생」이 가죽 점퍼에 코를 박고 어슬렁거리는 동팔의 불량스런 이미지에서 출발한다면 「정글 스토리」는 폭발적 이미지를 발산하는 외국 로커가 아닌, 문산의 한 야산에 올라 발성 연습을 하는 토종 로커의 순박한 목청에서 출발한다. 「장미빛 인생」이 발딛고 있는 자리가 1980년대의 뒷골목이라면 「정글 스토리」는 1990년대의 뒷거리다. 록 정신·그런지 정신이 보이지 않는다고 비난할 수 있겠으나, 그들이 록을 고집하는 이유가 나와 있지 않은 것이 더 한국적인 현실을 반영한 것으로 풀이될 수도 있다. 문산에서 도현이 기타를 메고 나올 때 스크린 오른편 위로 완전군장을 하고 행군하는 군인들처럼, 한국의 로커들은, 시대의 명령을 굳이 따지지 않고 그게 그냥 좋아서 록에 매달리는 것일 수 있는 것이다. 영화는 시종 과장하지 않고 차분하게 그들의 열정을 보여준다. 행여 구차해 보일까봐 장면장면은 말끔히 커트된다. 특히 비닐하우스에서의 싸움 장면은 군더더기 없이 담백하다. 도현을 포함한 다섯 명의 로커가 거친 숨소리만 뿜어대며 진흙 바닥에 뒹구는 모습을 감독은 간섭하지 않는 눈빛으로 멀찍이서 바라본다. 그들은 자꾸만 진창에 엎어지고, 카메라는 하우스 밖으로 슬그머니 나와 논둑길을 따라 돌고, 퍼런 빛이 감돌던 하우스에는 어느새 어둠이 조금씩 깔리는 듯하고. 할말은 많지만 아무 말도 하지 않고 겨울 야산에 서 있는 듯한 느낌을 주는 장면이다. 그러나 「정글 스토리」는 리얼한데도 어딘가 만화 같다. 「장미빛 인생」과 반대로 간다. 매니저 지우, 후배 과장, 로커 도현은 평범한 게 아니라 고정된, 정형화된 캐릭터다. 도현이 우연히 지우의 눈에 발탁되는 대목이나 가수로 데뷔하는 과정, 또 좌절하는 과정은 안이하리만큼 손쉽다. 사운드와 침묵이 절반씩 들어간 장면들, 가령 골목과 거리, 복도를 부유하는 카메라 시선은 절제의 미덕이기는 하나 단순하고 앙상한 인상을 주는 게 사실이다. 비닐하

춥고 배고픈 한국 언더그라운드 로커의 현실을 영화는 콘서트의 열광과는 정반대로, 시종 냉정하게 밀착 취재한다. 끝없는 떠돌이, 외로운 무명, 우울한 전망, 게다가 소명과 철학조차 없이 걷는 길. 당연히 막막할 수밖에. 감독은 길 어디쯤에서 슬쩍 곁눈질한다. 에필로그에 등장한 청중의 환호라니!

우스에서 라이브를 준비하는 상황은 비장미가 거세된 「공포
의 외인구단」처럼 눈에 익다. 영화가 끝날 즈음 어두운 화면
너머로 긴 한숨이 들려온다. 우리의 가슴을 애처롭게 누르는
이 아름다운 한숨은, 지금까지의 불모성을 구원하기에 힘겨
워하는 탄식 소리처럼 들린다. 마지막에 엉거주춤하게 달라
붙은 에필로그, 대학로로 뛰쳐나와 그들이 콘서트를 여는 장
면은 무척 아쉽다. 좌절한 로커들에게 작은 희망이나마 심어
주고 싶었겠지만, 이때 열광이라기보다 차라리 광분에 가까
운 호응을 펼치는 관중의 모습은 지금까지 견지해온 영화 전
체의 리얼리티를 결정적으로 훼손한다.

　홍상수와 임순례 감독은 96년이 발견한 진정한 신인이다.
그들은 리얼리즘을 의무로 여기거나 집념의 대상으로 설정
하지 않는다. 그래서 경직되지 않고 물 흐르듯 자연스럽게
삶을 바라본다. 두 감독은 생활의 사실성을 기반으로 한다는
점에서 유사한 면이 많지만 그에 못지않은 아름다운 차이 역
시 지니고 있다. 홍상수는 사실적 재료를 영화적 형태로 과
감히 반죽하여 장르의 재미까지 함께 추구한다. 상황의 미묘
한 순간을 포착하는 그의 감각은, 인물의 성격에 감독 자신
의 자의식적 고민을 강밀하게 재구성하는 솜씨와 더불어 매
우 세련되어 있다. 임순례는 과욕하지 않는다. 카메라 저편
의 현실을 윤색하지 않고 그냥 풀어놓는다. 그래서 인물들은

(비록 삼겹은 초반에 실패했지만) 무료하게 화면 안을 배회한다. 거리낌없이 드러나는 그들의 풀죽은 모습은 아주 조용히 스크린 바깥으로 흘러나와 객석에 닿는다. 관객이 영화에 전염되는 가장 효율적인 방식을 그는 알고 있다.

「돼지가 우물에 빠진 날」은 욕망에 관한 영화다. 삶을 잠시도 가만 내버려두지 않는 욕망, 언제나 우리 머리 한치 위에서 붕붕거리며 날아다니지만 언제나 그것을 노획하는 데 실패하는 삶.「돼지가 우물에 빠진 날」의 욕망은 사물과 삶, 사람과 사람의 어긋나는 관계에 개입한다. 어긋나기 때문에 그 욕망은 리얼하다. 그러나 이런 현실과 욕망의 관계는 영화에서 그냥 드러나지 않는다. 범상한 듯하면서도 결코 순진하지 않은 '모던한' 기획이 이 안에 들어 있다. 그 기획의 일단은 우선 부분에서 시작해 전체로 확산되어가는 일관된 양식적 측면에서 불거진다. 이런 장면을 보자. 1) 효섭이 미술관에서 친구를 만난다. 저녁때 동창회가 있다는 얘기를 듣는다. 2) 출판사 사장으로 있는 후배에게 전화한다. 왜 연락을 안 해줬는지 책하지만 어떤 의도였는지 확인되지는 않는다. 3) 노래방에 온 듯한 효섭이「내 사랑 내 곁에」를 열창한다. 카메라는 바스트 숏으로 효섭을 잡는다. 관객은 노래방에서 모임이 있는 줄 안다. 4) 카메라 뒤로 빠지면, 풀 숏으로 잡힌 음식점 방안이다. 다들 노래부르는 효섭을 제쳐놓고 고기 굽고 술 마시고 담소한다. 그는 완전히 소외됐다. 불청객이

90년대의 변화한 현실에서 바라본 80년대의 인물 군상
은 모순투성이다. 기만적이고, 얼토당토않게 순진하면서,
냉소적이다. 영화도 혼란하다. 출발점은 섹스, 도착지는
거짓말, 그 사이에 낀 뜬금 없는 삶의. 90년대의 진실 게
임은 애시당초 성립되지 않는다. 그런데, 정말 그럴까?

며 이방인인 것이다. 이게 「돼지가 우물에 빠진 날」의 전술
이다. 즉 공간을 구축하는 방식은 철저히 코미디 장르의 화
법, 특히 앞 장면의 의미망을 뒤이어 나오는 장면이 뒤집어
엎는 시간차 공격에 의지하고 있다.

영화는 부분과 전체의 아귀를 줄기차게 일그러뜨린다. 욕
망을 따르지 못하는 우리의 초라한 일상은 그 어긋난 균열의
틈바구니에서 우스꽝스럽고도 스산하게 드러난다. 민제의
아르바이트 현장을 보여줄 때 먼저 더빙하는 성우를 상상하
게 하고("응, 뭐 녹음하는 거야") 나중에 그 어이없는 실상
("청기 올려, 백기 내리지 마")을 배치하는 것은 좋은 예이다.
코믹함 뒤로 비애감을 감추는 감독의 능력은 비상하다. 후배
가 효섭의 원고를 찾는 장면은 몇 초의 시간을 더 할애함으
로써 느낌이 달라지는 경우다. 어느 구석에 처박아두었는지
잊어버릴 정도로 무심한 후배, 그만큼 팔리지 않을 인기 없
는 소설을 쓰는 효섭의 자질이 단 몇 초의 연장으로 폭로된
것이다. 가장 빛나는 대목은 바리케이드 장면이다. 어느 싱
거운 녀석이 호언장담하며 뛰어넘은 바리케이드 이쪽과 저
쪽 어딘가에 80년대와 90년대가 각각 부려져 있는 듯한 느낌
을 영화는 전달한다. 80년대라는 낮은 포복의 시대가 지나간
이후, 젊음의 고뇌·거부·저항·도전이라는 것은 아무짝에
도 쓸모 없는 저런 유치하고 무모한 만용으로 드러나고 있
다. 이 달뜬 저녁에 말이다. 그 후배의 말마따나 도대체 우린

뭐 하고 있는 것인가.

「돼지가 우물에 빠진 날」은 80년대를 향한 쓸쓸한 조소, 유쾌한 조곡(弔哭)이다. 인간에 대한 전폭적인 신뢰, 진보적 리얼리즘에 대한 신념, 현실을 변화시킬 수 있으리라는 기대, 바로 지난 시절 우리 가슴을 충만케 했던, 믿어 의심치 않았던 온갖 윤리적 이데아의 코앞에 영화는 직업과 성별, 취미와 나이를 불문하고 알량한 자존심, 익숙한 거짓말, 히스테리적 발악, 편집증적 집착으로 똘똘 뭉친 인간의 이중성, 욕망과 현실의 비관적인 사례들을 제시하고 있는 것이다. 생활 공간을 일일이 스냅 촬영하듯이 아주 핍진한 방식으로 현실의 단편 *reality bites*을 추출했음에도 불구하고 이 작품은 궁극적으로 리얼리즘적 세계관에 돌을 던진다.

욕심이 흉하게 불거진 면도 없지는 않다. 영화의 중심을 흩뜨릴 만큼 에피소드들은 산발해 있는데, 문제는 그것이 단순하게 나열된 정도가 아니라 상호 적실한 연관성이 없는데도 마치 보이지 않는 인력에 의해 배치된 양 꾸며져 있다는 사실에 있다. 약국의 할아버지나 총무의 일장 연설 같은 잔가지들에서 동우의 외도 장면, 극장 총무의 살인 장면, 보경이 신문지를 바닥에 한 장씩 깔고 창밖을 내다보는 결말 장면 등 중요한 이야기의 매듭에 이르기까지 전체적인 영화의 구성은 아주 허약하다. 그러면서도 은근히 자기 과시적이다. 대표적으로 총무와 보경의 행위는 전후 맥락에서 타당한 근거를 찾기 힘든 모호한 비약의 에피소드들이다. 그러나 진정한 코미디 영화, 그 너머로 시대의 쓸쓸한 초상을 펼쳐놓을 줄 아는 감독을 만난 것은 일단 기뻐할 만한 일이다.

「세 친구」는 날개를 펴지 못하는 청춘들 이야기다. 흔하다. 그러나 여태껏 이 흔한 제재가 한국의 극장에서 제대로 날개를 편 적은 없었다. 기껏 얄개 시리즈처럼 학창 시절의 요란한 소동극에 휩싸여버리거나 좌절을 딛고 성공한다는 출세 지향의 도덕담·연애담에 눌리고 뜬금 없이 살인 사건에 휘말린다는 따위의 황당무계한 청춘 수사물에 젊고 늘씬한 틴에이저 캐릭터를 제공하는 수준이 대부분이었다. 황규덕의 「꼴찌부터 일등까지 우리 반을 찾습니다」(1990) 정도를 제외하면 우리 기억에 남아 있는 상식적인 10대 영화는 전무하다. 「세 친구」는 그 점에서 한국 영화사에 새로운 전기를 마련한 작품이다. 여기엔 팬시 상품처럼 총총거리며 나오는 귀여운 10대의 패션도, 캠퍼스의 낭만도, 데이트도, 터무니 없는 박장대소나 구영탄 같은 괴짜 천재들의 기벽도 없다. 하다못해 이렇다 할 사건도 없다. 그럼에도 「세 친구」는 놀라운 영화다. 앙상하게 시들어가는 이 시대 청춘의 초상을 질리도록 투명하게 바라보는 임순례의 시선은 이내 관객의 머리나 가슴이 아닌, 몸에 가 부딪힌다. 그래서 우리의 근육은 영화를 보면서 내내 꿈틀거리고 심장은 울림을 증폭시켜

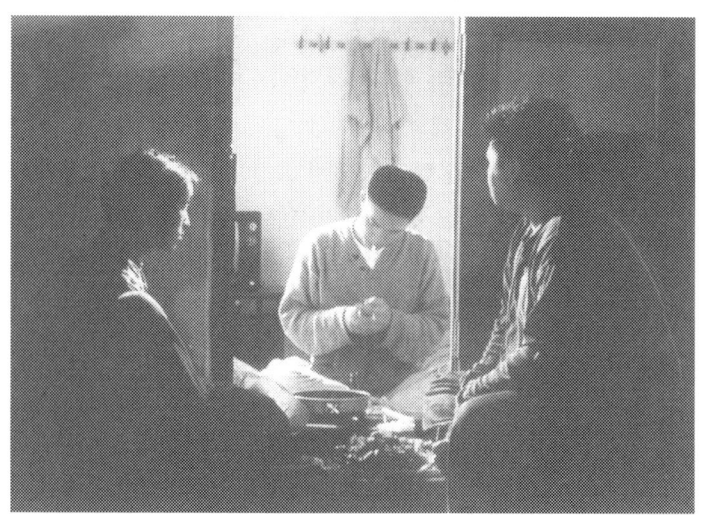

아름답고 안쓰러운 자연주의 영화. 대안이 보이지 않는다는 비판만큼 소용없는 말도 없을 것이다. 섬세, 삼겹, 무소속은 60년대 이래 지속되어온 가난한 십대의 전형이다. 아니, 그 동생, 엄마, 아버지, 옆집 아저씨는 주변에서 흔히 만나는 변두리 인생의 전형이다. 과욕 없이, 기죽은 모습 그대로인 청춘 영화.

혈관의 피돌기를 자극한다. 그렇게 몸으로 느끼는 영화를 우리 얼마만에 만난 것인가.

얼핏 보기에 「세 친구」는 건조하다. 그러나 건조한 공간 너머 주인공들의 절실한 내면이 들여다보인다. 그 절실한 내면은 밖으로 발산되지 못하고 막힌다. 홍보용 스틸 사진 한 장에 그들을 가로막은 현실이 상징적으로 처리됐다. 하품을 하는 삼겹, 무릎이 해진 청바지를 입고 삐딱하니 담배를 꼬나문 무소속, 팔짱을 낀 채 우울한 표정을 짓는 섬세. 그들이 등을 기대고 서 있는 곳은 잿빛 시멘트 담벼락이다. 어린 시절 주택가 담장의 단골 '데코르'였던, 왕모래 섞인 시멘트 덩어리를 툭툭 붙여놓은 그 담장은 그들이 자란 무뚝뚝하고 거친 환경과 그들을 턱하니 가로막는 현실의 어떤 장벽 같은 분위기를 풍긴다.

영화는 끝없이 차단당하고 억눌리고 조롱당하는 세 친구의 스무 살을 그리고 있다. 그건 울적하고도 막막한 풍경이다. 섬세는 여리다. 마음 씀씀이도 그렇지만 외모도 그렇다. 작은 키, 좁은 어깨, 가녀린 몸매. 건강한 남성성이 신봉되는 우리 풍토에서 이런 체구가 어떤 대접을 받는지는, 누이동생의 친구 또래들로부터 만만하게 보여 협박을 당하는 장면에서 잘 드러난다. 집에서는 월남전 참전 용사인 아버지(그도 자식과 비슷한 초라한 체구의 소유자다)가 맥없는 그를 닦달한다. 그의 꿈은 미용사가 되는 것. 하지만 변두리 미용실로 근근이 생계를 꾸려가는 엄마는 이런 꿈을 용납하지 않는다. 시험 당일 그는 미용실 안에 갇혀 시험을 못 보게 된다. 섬세는 감금된 아이다. 그에겐 출구가 없다. 그는 내부에서 붕괴되는 청춘의 이미지다. 무소속은 삐딱하다. 쏘아보는 눈빛과 말없는 습관은 그의 탓이 아니지만 세상은 삐딱한 그를 탓한다. 그건 노골적인 육체적 폭력으로 다가온다. 학교에서는 선생이, 군대에서는 고참이, 만화가 문하생 시절엔 선배가 그를 때리고 구박한다. 그는 억울하다. 하지만 그가 사는 세상은 이따위다. 일본 만화 표절을 제안받고 자신의 만화까지 표절당하는 세상에 적응하지 못한 그는, 폭력에 무참히 파괴당하는 청춘의 이미지다. 삼겹은 뚱보다. 둔하고 게으르고 미련하다. 이것도 우리 사회가 원치 않는 덕목이다. 뚱뚱한 그는 언제나 따돌림당하고 무시당한다. 놀려먹고 무시할 이는 많아도 그를 구해줄 사람은 어디에도 없다. 삼겹은 무기력하게 늘어져 버둥거리는 청춘의 이미지다.

영화의 서사는 우리 시대 변두리 청춘의 이미지만큼이나 비실거리며, 근근이 흘러간다. 나는 이게 싫지가 않다. 물론 꽃집 여자 에피소드나 초기에 삼겹이 저질러버린 과장된 캐릭터처럼 안이한 대목이 없는 건 아니다. 그러나 파편처럼 널린 일상의 조각들은 그 자체 세 친구의 전망도 대책도 없는, 아무런 프로그램도 없는 인생에 썩 어울리는 풍경이다. 감독은 세 친구로부터 너무 멀리 떨어지지도 않고 가까이 다가서지도 않은 채, 그리하여 근사한 롱 테이크도, 절박한 갈등 구조도 없이 상영 시간을 보낸다. 다대기를 넣지 않은 설렁탕을 먹을 때처럼 아쉬운 감이 없지 않으나, 이는 못난 낙오자들의 무료하고 막막한 심정을 과욕 없이 담으려는 감독의 의지로 볼 법하다. 올 밴쿠버 영화제에서 「세 친구」가 수상하지 못한 것은 어쩌면 당연한 일인지도 모른다. 이 영화는 한국에서 살아가는 일, 그것도 스무 살로 사는 일의 어려움을 이야기하는 것이기 때문에, 획일적인 제도 교육과 군대, 강요된 남성성, 가부장적 사회의 불합리하고 황폐한 폭력성을 체험해보지 못한 그네들에게는 이 영화의 테마가 낯설게 보였을 테니 말이다. 여하튼 이들은 여전히 옥상에 올라가 지는 노을을 보며 삼겹살을 구워 먹거나 소주를 딸 것이다. 소일 거리를 찾아 3류 영화관과 비디오방, 만화 가게를 어슬렁거려야 할 것이다. 아버지는 내일도 낮술에 취해 소리를 버럭 지를 테고, 바둑 복기에만 몰두할 터이다. 여동생? 어머니? 그들이라고 이 진공의 회로를 벗어날 수 있겠는가. 임순례 감독은 좁고 어둑어둑하고 을씨년스러운 청춘의 골목을 투명한 눈빛으로 순례하면서 기성 세대의 초라하게 좌절된 욕망, 비틀린 인생살이까지를 들여다본 것이다.

소수 집단의 영화는 천상 절망의 영화가 될 것이다. 그들은 언제나 이방인이고, 유목민이며, 억눌린 피지배자이므로 그들의 욕망과 인생을 정직하게 다룬다면 그건 좌절의 기록이 될 수밖에 없을 것이다. 좌절·절망은 부정적이다. 그건 모든 언어의 사멸, 사유 행위의 정지를 의미한다. 언어의 소통력과 이성의 판단력, 상상의 조형력을 허용치 않는 현실, 그 벽에 부딪혀 더 이상 들을 수도, 볼 수도, 말할 수도 없이 분열된 상태가 그것이기에. 그러나 헛된 희망의 회로가 줄줄이 늘어서고 거짓된 꿈이 남용되는 시절에 내놓는, 우울한 소수 집단의 절망에 관한 이야기는 아름답고 소중하다. 현실을 박차고 금세라도 비상할 수 있다고 우리의 초월적 욕망을 찌르고 부풀리는 희망의 매니지먼트와는 달리, 그것은 현실의 영토 한가운데에 착지하여 자기 발 아래로 깊이 하강하려는 정직한 정신성이다. 당분간 이 신인 감독들에 의해 이런 정신성은 주도될 것이다. 그렇다면, 이건 희망적이다.

*본문 게재순

임권택

1936년 전남 장성에서 태어남.

1956년 영화계 입문.

1962년 「두만강아 잘 있거라」로 감독 데뷔.

주요 작품 「족보」(1978), 「깃발 없는 기수」(1979), 「짝코」(1980),
「우상의 눈물」 「만다라」(1981), 「안개마을」 「불의 딸」
(1983), 「길소뜸」(1985), 「티켓」 「씨받이」(1986), 「아제아제
바라아제」(1989), 「장군의 아들」(1990), 「개벽」(1991), 「서
편제」(1993), 「태백산맥」(1994), 「축제」(1996).

정지영

1946년 충북 청주에서 태어남.

동국대 연극영화과 중퇴.

고려대 불문과 졸업.

1976년 임권택 · 김수용 감독 조감독, 시나리오 작가, 영화 평론가
로 활동.

1983년 「완장」「박순경」 등 MBC '베스트셀러극장' '암행어사' PD.

주요 작품 「안개는 여자처럼 속삭인다」(1982), 「추억의 빛」(1984), 「거리의 악사」(1987), 「위기의 여자」「여자가 숨는 숲」「산배암」(1988), 「남부군」(1989), 「산산이 부서진 이름이여」(1990), 「하얀 전쟁」(1992), 「헐리우드 키드의 생애」(1994).

장선우

1952년 서울에서 태어남.

서울대 고고인류학과 졸업.

1981년 이장호 감독 연출부.

1985년 「서울 황제」(선우완 감독과 공동 연출).

1986년 MBC 드라마 작가, '베스트셀러극장' 연출.

주요 작품 「성공시대」(1988), 「우묵배미의 사랑」(1990), 「경마장 가는 길」(1991), 「화엄경」(1993), 「너에게 나를 보낸다」(1994), 「꽃잎」(1996).

저서 시나리오집 『성공시대』(학민사, 1987), 『남한강』(학민사, 1991).

박광수

1955년 강원도 속초에서 태어남.

서울대 미대 조소과 졸업.

프랑스 E. S. E. C.(영화 교육 특수 학교) 졸업.

1985년 이장호 감독 조감독.

주요 작품 「칠수와 만수」(1988), 「그들도 우리처럼」(1990), 「베를린
　　　　리포트」(1991), 「그 섬에 가고 싶다」(1993), 「아름다운 청년
　　　　전태일」(1996).

이명세

1957년 충남 아산에서 태어남.

　　　　서울예전 영화과 졸업.

1979년 김수용 감독 연출부, 홍파 · 배창호 감독 조감독.

주요 작품 「개그맨」(1988), 「나의 사랑, 나의 신부」(1990), 「첫사
　　　　랑」(1993), 「남자는 괴로워」(1994), 「지독한 사랑」(1996).

배창호

1953년 대구에서 태어남.

　　　　연세대 경영학과 졸업.

1980년 이장호 감독 조감독.

주요 작품 「꼬방동네 사람들」(1982), 「철인들」(1982), 「적도의 꽃」
　　　　(1983), 「고래 사냥」(1984), 「그해 겨울은 따뜻했네」(1984),
　　　　「깊고 푸른 밤」(1985), 「고래 사냥 2」(1985), 「황진이」
　　　　(1986), 「기쁜 우리 젊은 날」(1987), 「안녕하세요 하나님」
　　　　(1988), 「꿈」(1990), 「천국의 계단」(1992), 「젊은 남자」
　　　　(1995), 「러브 스토리」(1996).

박철수

1948년 경북 청도에서 태어남.

성균관대 경영학과 졸업.

주요 작품 「골목 대장」(1978), 「밤이면 내리는 비」(1979), 「들개」
(1982), 「어미」(1985), 「헬로 임꺽정」(1985), 「안개기둥」
(1986), 「접시꽃 당신」(1987), 「오늘 여자」(1988), 「오세암」
(1989), 「물위를 걷는 여자」(1990), 「서울 에비타」(1991),
「우리 시대의 사랑」(1994), 「301 · 302」(1995), 「학생부군신
위」(1996).

김홍준

1956년 서울에서 태어남.

서울대 인류학과 졸업.

템플대 영상인류학과 박사과정 수료.

1991년 임권택 감독 조감독.

주요 작품 「장미빛 인생」(1994), 「정글 스토리」(1996).

여균동

1958년 서울에서 태어남.

서울대 철학과 졸업.

1990년 박광수 감독 조감독.

주요 작품 「세상 밖으로」(1994), 「맨?」(1995).

홍상수

1961년 서울에서 태어남.

　　　중앙대 영화과 중퇴.

　　　시카고예술연구소 졸업.

　　　현재 국립영상원 교수.

주요 작품 「돼지가 우물에 빠진 날」(1996).

임순례

1960년 인천에서 태어남.

　　　한양대 영문과 졸업. 한양대 대학원 연극영화과 수료.

　　　파리 8대학 석사과정 졸업.

주요 작품 「세 친구」(1996).

원문 출처
*본문 게재순

「길, 실패한 꿈의 기록」──『문학과사회』, 1994년 겨울호; 『리뷰』, 1996년 여름호; 『한겨레 21』, 1996년 5월 23일 109호.

「성과 속의 길항」──『한국 영화 읽기의 즐거움』, 책과 몽상, 1995년.

「떠돌기, 짧은 여행의 기록」──『한국 영화 읽기의 즐거움』, 책과 몽상, 1995년; 『리뷰』, 1996년 여름호; 『말』, 1996년 5월호.

「차가운, 불타오르는」──신고.

「철들 무렵, 유쾌한 몽상」──신고.

「소수 집단의 영화를 위하여」──『서울 Eye』, 1996년 3월 20일 45호; 『서울 Eye』, 1996년 5월 22일 54호; 『서울 Eye』, 1996년, 6월 5일 56호; 부산대학신문, 1995년 6월 5일; 『리뷰』, 1996년 여름호; 『리뷰』, 1996년 겨울호.

문지스펙트럼